ORPHANS OF THE HELIX

螺旋的遗孤

[美] 丹·西蒙斯 著
DAN SIMMONS
潘振华 译

Orphans of the Helix

DAN SIMMONS

庞大的神行舰从霍金空间跃迁，来到双星系统红白相间的光芒下。阿莫耶特光谱螺旋的六十八万四千三百民众尚在冰冻沉眠中沉沉入梦，飞船的控制权被授予五个人工智能掌管。他们刚刚遇上异常现象，五个人工智能中，有四个一致认定必须让庞大的神行舰跃出超光速霍金空间，关于下一步的打算，还进行了一场激烈的辩论——持续了好几微妙。

在遥远双星的照射下，神行舰美不胜收，红白相间的光束洗浴着它长达千米的外壳，光芒在三千个人工环境沉眠荚舱上闪耀，这些荚舱以三十个为一组，一百组荚舱绕着各自的中心快速自旋，那些挥舞的振臂活像巨大桨片层叠起来形成的阴影，而那三千个荚舱本身，好像是一颗颗独自发亮的宝石，在红光和白光下闪亮欲燃。这艘飞船经伊妮人改造，从飞船长长的中轴伸出的旋转轮毂不再与之平行——前三十根支臂略向后倾，中间的三十条支臂稍长，略往前倾，这样，沉眠荚舱可以相互交错，交织成一个整体，即使偶有分离，也仅在几微秒间。于是，在完全开动的情况下，这艘飞船就变得名副其实——双螺旋号，从大约几百公里外观察，可以看见它的外形，正像是旋转的人类DNA双螺旋，闪烁着双星的光芒。

五个人工智能一致决定，最好的办法是收回旋转荚舱。巨大的轮毂改变了它们的运动方向，直到发光的螺旋变成一长溜的三千个碳–碳旋臂，速度逐渐降下，每条旋臂尖端的椭圆形荚舱逐渐清晰可辨。最后支臂全部静止下来，缩回飞船狭长的船体，每一个沉眠荚舱都嵌入船体上对应的凹坑，像是一颗颗蛋被小心地放入蛋杯。

双螺旋号的外形现在已名不副实，变成了一支又长又细的箭矢，臃肿的三角形箭头是控制中心所在地，而霍金驱动和更大的聚变引擎散布在箭尾，飞船正为各居其位的旋臂和荚舱盖上防护罩，共有八层。经所有人工智能投票同意，飞船在保守的四百倍重力下减速向一颗G8白星驶去，同时展开二十级密蔽场。双星系统并没构成明显的威胁，但更远的地方还有一个星系，主星是一颗红巨星，抛散出大量尘埃和恒星残骸——这现象合情合理。最以其导航技术和小心谨慎为傲的那位人工智能警告道，进入指向G8恒星的轨道时航行需极为小心，务必避开L1内拉格朗日点，因为该处正发出大量的边界激波，于是五个人工智能开始着手绘制减速进入G8星系的最佳路径，以最大限度避免日光层冲击。那里的辐射冲击波倒是可以轻易处理，甚至用三级密蔽场就够了，但船上可有六十八万四千三百个人类灵魂在他们的守护之下，这些人工智能没有一个敢铤而走险。

他们的下一个决定关乎管理权，照旧一致通过。鉴于现在偏离原轨道，减速进入G8星系，他们没有理由不唤醒人类。名叫西行的人工智能负责管理人员名单、执勤表及心理档案，曾完成过与六十八万四千三百男女老幼见面及一一了解他们的任务，他花了几秒钟浏览完全部名单，决定该让哪九个人醒来。

德姆·利亚醒来时，没有从老式冰冻沉眠装置中醒来时那种沉闷的宿醉感。她在沉眠舱中坐起，机械手按传统给她递来一杯橘子汁，她顿时感觉精神饱满，身强体健。

“紧急情况吗？”她问道，声音不像是刚从沉睡中苏醒那样沙哑低沉。

“没有威胁到飞船或者使命的事件，”人工智能西行说道，“只是一个异常现象引起了我们的兴趣。从一个星系传来了古老的无线电信号，也许能从该地取得补给。飞船运行及维生系统没有任何问题，所有人都安然无恙，飞船平安无事。”

“从在上个星系停留以来，我们走了多远？”德姆·利亚问道。她喝完最后一口橘子汁，在航服的左臂拴好翠绿色缎带，戴好头巾。她所在民族的传统是穿沙漠长袍，不同家族崇拜各自不同、但同属于阿莫耶特光谱的颜色，不过乘神行舰出行时，经常会处于零重力状态下，所以穿长袍并不实际。

“六千三百光年。”西行答道。

德姆·利亚停止了眨眼。“自上次醒来以后，过了多少年呢？”她柔声问道，“旅途总的船上时间有多少年？总的时间债又是多少年呢？”

“自上次醒来起，过了九年船上时间，共一百零二年时间债，”西行说，“旅途总的船上时间三十六年，相对于人类聚居区总的时间债四百零一年三个月一周零五天。”

德姆·利亚揉揉脖子。“你唤醒了我们中的多少人？”

“九人。”

德姆·利亚点点头，不再和人工智能多废话，向四周扫视了一圈，看了一遍那两百多口密闭的复活棺，她的家人和朋友还在继续沉睡。然后她乘上船体内部载客车，驶向指挥甲板，其他八人也快要聚到那里去了。

依照阿莫耶特光谱螺旋人的要求，伊妮人仿照古老的火炬舰船和旧地大流亡前航海舰船的舰桥，修造了指挥甲板。甲板的方向有些向下倾斜，德姆·利亚在驾车到指挥甲板的途中，注意到飞船密蔽场维持在稳定的一倍重力下，这让她感到满意。舰桥自身有大约二十五米宽，为各位专家建有各自的指挥节点站，中央有一张会议桌——当然，是圆的——苏醒的人正聚集在那边，啜着咖啡，如往常一般，就冰冻沉眠的梦境开着无伤大雅的玩笑。巨大的半球形指挥甲板周围，是一圈宽阔的窗户，窗外便是太空。德姆·利亚站了一分钟，看着星丛陌生的布局，又收回视线，望向似乎漫长得了无尽头的螺旋号船体，沉重的百叶窗遮蔽了明亮的聚变火焰尾迹，那条尾迹足有八公里长，被偏转折回，指向他们的目的地——而双星系统本身，一颗小小的白星和一颗红巨星，都清晰地出现在了视野中。当然，窗户并不是真正的窗户；它们的全息外景图可以随时更换、变焦，甚或变得不透明，而现在那如幻的场景真是令人叹为观止。

德姆·利亚把注意力转向桌边的八人。在与伊妮人一起的两年船上训练期间，她已经认识他们所有人，但对任何一个都不熟悉。他们每个人都是精英，这类在传送途中可能被唤醒的人，从整个民族中遴选而出，总数不到一千。他们边喝咖啡边互相熟悉，她辨认着他们的彩带条纹。

四男五女。除她之外，还有一个女人也是翡翠绿，那就意味着德姆·利亚还不能确定指挥权到底是落在自己手上，还是给那个年轻女子。当然，不管结果如何，都必须是全票通过才能决定，由于翡翠绿这一簇在阿莫耶特光谱螺旋的诗歌及社会中，代表着与自然的和谐共处、指挥的能力、对技术的宽容、保护濒危生命形式的意愿——距离人类聚居空域如此之远，这六十八万四千三百阿莫耶特难民就可以被看作是濒危生命形式——几乎可以认定，在异常状态下的苏醒中，绿色族民总会经全票通过担任全权指挥。

除了另外那位绿簇族民外——她是个年轻的红发女子，名叫蕾斯·珊德勒——还有以下人员：红簇男子，帕特科·乔治·德姆·米欧；年轻的白簇女子，德恩·索阿，德姆·利亚是从模拟外交中认识她的；黑簇男子，乔恩·米凯·德姆·阿棱；年长的黄簇女人，奥姆·莱伊，德姆·利亚记得，她擅长飞船的系统操作；白发的蓝簇男人，彼得·德伦·德姆·塔耶，主要受训内容应该是心理学；还有一个魅力四射的紫簇女子——几乎可以肯定，她被选中是由于天文需要——名叫科姆·罗伊；最后是一个橙簇男子——他们的医师，德姆·利亚和他有过好几次交谈——塞缪尔·利亚·科姆·阿里，大家称他作萨姆医生。

互相介绍之后，是一阵沉默。这群人望着窗外的双星星系，在螺旋号聚变尾迹那耀眼得惊人的光芒下，G8白星几乎完全被掩盖了。

最后，红簇的帕特科·乔治说道："好了，飞船，解释一下。"

西行冷静的声音从广布的扬声器传来。"我们的探测器及天文观测发现这一星系值得研究，正要对其搜索，看是否有类地行星存在。"

"在双星系统内吗？"紫簇科姆·罗伊说道，"确定不是在红巨星星系？"阿莫耶特光谱螺旋人希望飞船为他们寻找的星球，标准非常清楚明白——G2恒星、类地星球、旧索美尺度至少九级、蓝色海洋、适宜的温度——换句话说，就是天堂。他们上下求索，不论这样的目标在多少万光年之外，要寻找多少万年。他们对此抱定了希望。

"红巨星星系里已没有行星了。"人工智能西行温和地赞同道，“我们估计该星系是一颗G2黄–白矮星……”

“太阳。”坐在德姆·利亚右边的蓝簇彼得·德伦低声说道。

“没错，”西行说，“与旧地的太阳极为相似。我们估测，它的主序星阶段，即氢燃烧阶段在约三百五十万标准年前变得不稳定，扩张入红巨星阶段，吞噬了星系内的所有行星。”

“红巨星扩张了多少天文单位？”另一个绿簇族民蕾斯·珊德勒问道。

“大约一点三。”人工智能说。“没有带外行星吗？”科姆·罗伊问，螺旋号上中的紫簇醉心于复合结构和棋牌，热衷于较复杂的人际关系及天文学，“依照旧地或海伯利安星系的标准，如果它扩张的范围只是略超出地球轨道，那应该会残存下气态行星或岩状行星。”

“也许带外行星都是极小的小行星，被持续以气体形式排放出的重粒子驱走了。”爱管闲事的红簇帕特科·乔治说。

“兴许这里根本没形成任何星球，”白簇外交官德恩·索阿说道，嗓音充满了悲伤，“至少在那种情况下，当太阳变成红巨星时，不会摧毁任何生命。”

“西行，”德姆·利亚问，“为什么我们要朝着白星减速？我想看看它的详细资料，行吗？”

影像、轨道、数据柱出现在桌子上方。

“那是什么？”年长的黄簇女人奥姆·莱伊问道。

“是个驱逐者森林环，”乔恩·米凯·德姆·阿棱说，“这一部分都是，存在了许多年。有一艘古老的驱逐者大流亡种舰比我们抢先一步到了那里。”

“抢先一步到了哪里？”另外那个绿簇族民蕾斯·珊德勒问道，“这个星系里应该没有行星了，是吧，西行？”

"没有，女士。"人工智能说。

"你是不是打算在他们的森林环上重新取得补给？"德姆·利亚问。他们原计划要在离开人类空域的漫长路途中避开所有伊妮人、圣神居民、驱逐者占据的星球及要塞。

"这一带轨道森林环异常的富饶，"人工智能西行说道，"但我们唤醒你们、开始系统内减速的真正原因，是生活在森林环上或者附近的人们正在发射遇难信号，使用的是霸主早期通行的代码波段。虽然很微弱，但到这里之前的两百二十八光年路途中，一直能收到这一信号。"

这句话让他们所有人都住了口。螺旋号的出发日是在伊妮娅的共睹时刻过去后八十年，那一重大的历史事件，标志着大部分人类民族新纪元的开端。共睹时刻之前，教会操纵下的圣神政府统治了人类空域三百年。这里的驱逐者也许从没有经历过圣神历史，甚至可能连圣神之前上千年的霸主历史也知之甚少。另外，加上时间债，螺旋号已经完成了四百多年的旅行，如果这些驱逐者是旧地大流亡时期移民的后裔，或来自早期霸主的睦邻星系，他们可能已有一千五百标准年，乃至更久，与其他人类民族没有接触了。

"有趣。"彼得·德伦·德姆·塔耶说，他所在蓝簇的训练包括深入的心理学及人类学研究背景。

"西行，请播放遇难信号。"德姆·利亚说。

传来一阵静电噪音、砰砰声、吻哨声，其中似乎夹杂着模糊的两个字音。口音是霸主早期的环网英语。

"它说什么？"德姆·利亚问，"听不大清楚。"

"救命。"西行说。人工智能的声音带着一点亚洲口音，听起来不免有些可笑，但现在，它的语调平淡而严肃。

围在桌边的九人又在沉默中面面相觑。他们的目标本是远远离开人类和现代人类——伊妮人的生存空域，让他们自己的民族和阿莫耶特光谱螺旋的文化，追寻自己的目标，寻找自己的命运，不再受伊妮人的干涉。但驱逐者只是人类这一生物的另一支，试图通过适应太空来决定自己的进化路径，他们与盟友圣徒一同旅行，用他们所知的基因秘密种植轨道森林环，甚至完全围绕恒星种植出球面恒星树。

“据你估计，有多少驱逐者生活在轨道森林环上？”德恩·索阿问。她在白簇接受过相关训练，如果他们和驱逐者之间将进行接触，她极可能成为外交官。

“我们可以确定，恒星这面的三十度弧上住有七亿。”人工智能说，“如果他们在整个森林环或其大部分区域上散居，估计约有好几十亿人口。”

“有没有阿克拉塔或者泽普棱存在的可能？”帕特科·乔治问道。目前已知的所有巨大森林环和恒星树都是在霸主陨落期间，驱逐者和圣徒假手这两类外星民族之力建成的。

“没有，”西行说，“从中央窗户望去，你也能注意到遥远空域中森林环的全貌。我们距它还有六十三天文单位……这是放大一万倍的景象。”

他们全都转头看着前窗，森林环似乎仅在几千公里之外，那些绿色的叶子、黄色和棕色的枝条，以及辫结的主干扭曲着直到视野的尽头，G8恒星在其后耀眼闪亮。

“看起来不对劲。”德姆·利亚说。

“正是感觉到有些异常，加上遇难信号的紧急，使得我们决定将你们从深沉睡眠中唤醒，”西行说着，他的声音听起来又略微有些困惑，“这片轨道森林环不是驱逐者或圣徒的生态建设成果。”

塞缪尔·利亚·科姆·阿里轻声吹起口哨。“是外星人修造的森林环，但有人类血脉——驱逐者居住其上。”

“自从我们进入这个星系以后，还有别的发现。”西行说着，突然左窗被一台机器的图像塞满——那是艘飞船——极为臃肿而丑陋，几乎无法用言语描述。这时螺旋号的图像添加到屏幕底部，以直观地显示它的规模。螺旋号有一公里长，而另外这艘飞船的底面长度至少是它的一千倍。怪物又大又宽，呈球根状，丑得要死，黑得像炭，还有点像昆虫，简直是生物进化加上工业制造的失败之作。在它正面的中央，像是长着一张布满钢牙的大嘴，其后是一条粗糙的通道，两面似乎都是一长溜口钩、轧碎刃、剃刀般锋利的砂轮，没有尽头。

“看起来活像上帝的剃刀。”帕特科·乔治·德姆·米欧说，话说到一半，他的声音微微一颤，把冰冷的讽刺掩盖了下去。

“上帝个屁，”乔恩·米凯·德姆·阿楼低声说道。作为黑簇成员，生命支持是他的专长之一，他从小就是照管着维图-格雷-巴里亚那斯B星上那些巨大农场长大的。“那是架地狱出产的脱粒机。”

“它在哪儿？”德姆·利亚开口道，西行已经在显屏上换上了另一幅全息图，这是他们减速朝森林环行驶的轨道。那架恶心的机器状飞船从黄道平面上方进入星系，领先他们约二十八天文单位，正急剧减速，但减速的速率不及螺旋号，且直直朝驱逐者森林环开去。轨道图很清晰——按机器目前速率来算，它会在九标准天之后直接切断森林环。

“这可能就是他们发遇难信号的原因。”另一个绿簇民，蕾斯·珊德勒不带感情地说。

“如果它是冲着我或者我的故星来的，我会大声尖叫，即使不借助无线电，你也能在两百二十八光年外听到我的声音。”年轻的白簇民德恩・索阿评论道。

“如果说我们约两百二十八光年的路上一直能收到这微弱的信号，”帕特科・乔治说，“那就意味着，要么这东西是在星系内超级慢地减速，要么……”

“它以前来过这里，”德姆・利亚说，她命令人工智能使窗户不透明化，然后退下，“我们是不是该分派各自的职位、任务、权力，之后作出首要决定？”她轻声说。

桌旁的其余八人严肃地点点头。

从一个陌生人、一个不熟悉光谱螺旋文化的人眼里看来，接下来的五分钟可能会让他瞠目结舌。大部分问题在两分钟内就得到了一致通过，只有一小部分通过讨论解决。他们的文化崇尚以全票通过来做出决定，其中约定俗成的一系列规则，包括手势、身势、简短陈述、沉默的点头等，经过四个世纪的演化，实行起来十分顺利。他们的父母和祖上都知道指令结构和纪律的重要性——与圣神残余势力在维图-格雷-巴里亚那斯B星上短暂而惨烈的交战中，有五十万同胞壮烈牺牲，而大约三十年后，逃跑的圣神野蛮人来到他们星系烧杀抢掠时，又牺牲了一万。但他们决意只能让全票通过的人担任指挥，由此以同样的方式作出尽可能多的决定。

在前两分钟里，完成了任务分派以及围绕各自责任的详细要求。

德姆・利亚担任指挥。在必要的情况下，她个人的一票可以否决其余八人全票通过的结果。另外那名绿簇，蕾斯・珊德勒，则更愿意监视推进器和机械工程，她与不苟言笑的人工智能芭蕉一起，利用这段身处霍金空间之外的时间，对飞船上下进行了仔细的检查。

红簇男子，帕特克・乔治，毫无悬念地接受了安全主管的职位——包括掌管飞船的防御和保障任何与驱逐者的接触中的安全。在使用飞船武器的问题上，只有德姆・利亚可以超驰他的决定。

年轻的白簇女人，德恩·索阿，将要管理通信和外交，但她要求彼得·德伦·德姆·塔耶分担她的一部分任务。彼得接受的心理学训练也包括理论外星生物心理学。

萨姆医生将监视船上所有人的健康，以及在接触驱逐者和圣徒后，研究他们的生理进化。

他们中的黑簇男子，乔恩·米凯·德姆·阿棱，掌管生命支持——不仅要和相应的人工智能一起，检查并控制螺旋号相关系统，还要在接待驱逐者登上飞船时，为他们安排合适的环境。

奥姆·莱伊是九人中最年长的，也是飞船上的象棋大师，她接受了协调飞船各系统及担任德姆·利亚的首席顾问的任务，协助解决接下来将出现的问题。

天文学家科姆·罗伊接受了所有远程探测的任务，但在空余时间内，她仍旧急切地想了解更多双星系统的情况。“有没有人注意到，我们前方的白星很像一位老朋友？”她问。

“鲸逖。”蕾斯·珊德勒脱口而出。

科姆·罗伊点点头。“我们从森林环的位置也可看出二者的类似之处。”

每人都看到了。驱逐者喜欢G2恒星，他们可以在距之一天文单位处种植轨道森林，而这个森林环距其恒星仅有0.36天文单位。

“同鲸逖中心与其恒星间的距离几乎相等。”帕特科·乔治思忖道。鲸心，在千年以后仍旧闻名遐迩，它曾是宇宙的中心，霸主的首都，而后在圣神统治下，它变成了一颗落后星球，直到圣神末期，当地教会的一个红衣主教发动政变，反对已穷途末路的教皇，大部分重建的城市都被夷平了。战争过去八十年后，螺旋号驶离人类空域，伊妮人重新入住古都，再现它的繁华，建起宽阔的庄园，树起美丽的古典建筑，把那些被切枪刺得千疮百孔的废墟变成世外桃源。伊妮人的世外桃源。

任务分配以后，这群人讨论起是否需要将家属从冰冻沉眠中唤醒。光谱螺旋家庭主要以三人婚姻为单位——一男两女或一女两男——而大部分人的子女都在飞船上，问题显得尤为棘手。乔恩·米凯谈到生命支持方面的考虑——这个原因其实不重要——最后所有人一致同意，认为让家庭成员以乘客身份醒来，只会使决策复杂化，因而决定让他们继续深度睡眠，唯一的例外是德恩·索阿的丈夫和妻子。年轻的白簇外交官承认，如果没有深爱的两人陪伴左右，她会觉得没有安全感，而其他人也同意为她破例，同时提出温和的建议，除非紧急情况发生，她苏醒的配偶应尽量不靠近指挥甲板。德恩·索阿立即同意了。随即又召出西行，着手唤醒德恩·索阿的两名配偶。他们没有孩子。

之后，最重要的问题得到了讨论。

"我们真的要减速进入森林环，插手驱逐者的问题吗？"帕特科·乔治问道，"假设他们的遇难信号还没得到过回应。"

"他们仍旧在旧的频带上发送信号，"德恩·索阿说道，她已接入了飞船的通信系统，一头金发的年轻女子看着虚拟视野中的什么东西，"那怪物机器还在朝他们那里前进。"

"但我们得记住，"红簇男子说，"我们的目标是在离开已知空域的路途中，尽量避免与带来麻烦的人类驻地接触。"

现在负责管理机械工程的绿簇民蕾斯·珊德勒笑了。"我认为，我们作出避开圣神民、驱逐者、伊妮人的总计划，是因为没有考虑到会在已知人类空域的八千光年之外，还能到达人类——或者说人类后裔殖民地的情况。"

"不过与他们接触也可能意味着给所有人带来麻烦。"帕特科·乔治说。

他们全都明白红簇安全主管话里真正的意思。光谱螺旋中的红簇族民毕生致力于体肤之勇、政治信仰、艺术热情，但他们的训练也经常包含对其他生物的同情。其余八人明白，他说接触可能意味着给所有人带来麻烦，这“所有人”并不仅仅指飞船上六十八万四千二百九十一个沉睡的灵魂，还包括驱逐者和圣徒自身。这些旧地的遗孤，这一簇独立进化的人类旁支，已经至少一千年，乃至更久，没有接触过人类及其历史。就连最简短的接触，也可能为驱逐者文化带来问题。

“我们应该进入星系，看能不能提供帮助……并获取新鲜的补给，如果可能的话，”德姆·利亚说，她的语调很亲切，但不留余地，“西行，我们如果持续以最大限度减速且不增加内部密蔽场，到达森林环外五千公里处的会合点将花多长时间？”

“三十七小时。”人工智能说。

“就是说，我们能比那丑八怪机器早到三天多一点。”奥姆·莱伊说。

“该死，”萨姆医生道，“那机器可能也是驱逐者修造出来，供他们往返日光层冲击场和红巨星星系之间，不过是辆丑陋的电车。”

“我倒不觉得。”年轻的德恩·索阿说，没听出萨姆话语里的讽刺。

“嗯，驱逐者已经注意到我们了。”帕特克·乔治说道，他已经接入了系统节点，“西行，请再次打开窗户，使用与上次相同的放大倍率。”

突然，房间充满了星光和阳光，光芒从辫结的轨道森林环反射而来，看上去像极了杰克和巨大的豆茎，绕明亮的白星蔓生开去，直到视野的尽头。现在，图案上开始出现了点别的东西。

“这是实时的吗？”德姆·利亚低声道。

“对。”西行回答，“显然，我们一进入星系，驱逐者就注意到了我们的聚变尾迹，现在他们打算来跟我们打个招呼。”

好几千条光带——乃至上万——扑扇着离开了森林环，像一群明亮的萤火虫，又像一段辐射蛛纱，从辫结的巨叶、树皮和大气中剥离。几千颗光粒向星系外奔来，朝螺旋号涌来。

“请把影像稍放大些好吗？”德姆·利亚问。她本是对西行说话，但接入飞船视觉网的科姆·罗伊率先完成了这一命令。

光之蝴蝶。一百、两百、五百公里宽的翅翼迎着太阳风，驾驭着从明亮的小星倾泻而出的磁场线。实际上这些发光的有翼天使，或者说魔鬼，还不止几万，有好几百万。至少好几百万。“希望他们比较友好。”帕特科·乔治说。“希望能和他们交流。”年轻的德恩·索阿低语，“我是说……在过去的一千五百年间，他们依照自己的意愿进化，成什么形态都有可能。”

德姆·利亚把手放上桌子，发出一声轻响。“我建议现在停止猜测和期望，为会合作好准备，那是在……”她顿了顿。

“二十七小时零八分钟之后，如果驱逐者继续向星系外航行，来见我们。”西行提示道。

“蕾斯·珊德勒，”德姆·利亚轻声说，“我建议你和负责推进的人工智能开始着手确认我们最后的减速足够温和，不致给前来迎接我们的几万驱逐者送去炙人热浪。如果外交接触以那样开场，可真是糟透了。”

“如果他们带有恶意前来，”帕特科·乔治说，“聚变驱动将会是我们最有力的武器……”

德姆·利亚打断了他。她的声音轻柔，但不容争辩。“在驱逐者明确他们的动机之前，请勿讨论与之交战。帕特科，请检查飞船所有防御系统，但在我们单独讨论进攻之前，请勿在众人面前作此类发言。”

帕特科·乔治点点头。

“还有别的话或者问题要补充吗？”德姆·利亚问。没人回答。

九人从桌旁起身，忙乎各自的任务。

不眠不休超过二十四小时后，德姆·利亚独自站着，身处微型白星系统之中，G8耀眼闪亮，距她的肩膀仅有只码之遥。辫结的世界树如此之近，伸手可及，甚至可用双手捧住它，而齐胸的位置，几百万微光闪亮的翅翼汇聚在螺旋号上——他们减速的聚变尾迹已经减少到零。德姆·利亚站在一片虚无之中，双脚稳稳地在黑色空间中站立，奇异的森林环绕在她腰间，群星组成的星座和迷蒙的星系散在她的头顶、周围，围绕她裹成一个球体，直到浩渺无边。

突然间，西行到了她身旁。这位十世纪僧人的虚像摆出他通常的姿势：盘腿，轻松地飘浮在黄道平面上方，与德姆·利亚保持几码的得体距离。他没有穿上衣，赤足，肚子圆滚滚的，圆脸、眯缝的双眼、红润的脸颊发散出祥和的感觉。

“驱逐者驾驭太阳风的技术真是高超。”德姆·利亚低声道。

西行点点头。“你注意到了，但事实上，他们是在磁场线一列的冲击波上滑行，获得令人惊骇的爆发力和速度。”

“我听说过，但从未亲眼见到，”德姆·利亚说，“能否……”

马上，他们所在的恒星星系变成了从G8白星倾泻而出的磁场线的迷宫，在开端时是弯曲的，然后变得平直，间隔相等，就像齐射而来的激光切枪。显图上用红色标出复杂精密的磁场线轨道，蓝线显示从星系外射入的数不清的宇宙射线的路径，与磁场线并排而列，大有拨开磁场线前进的势头，好似一群大马哈鱼奋勇地逆流而上，去恒星的腹地产卵。德姆·利亚注意到恒星的弧形磁场线联结着南北极，互相叠加，排列紧密，使得大部分宇宙微波向外偏转，不容易沿着无阻碍的极地磁场线抵达恒星。德姆·利亚改变了比喻，觉得更像是精子在拼命地游向发光的卵，却被凶险的太阳风和一浪浪磁波丢开，被磁场线发出的激波赶走，好似有人在用力挥舞一条电缆或者长鞭。

“有风暴。”德姆·利亚说，她看见飞行线路上的众多驱逐者正在翻滚着、滑行着，沿离子、磁场、宇宙射线的激波前锋起伏前进，运用发光的力场能量之翼在吹向四面八方的太阳风中稳固自己的位置，沿磁场线时而前进，时而后退，最后乘上激波往前冲去，速度更快的太阳风冲上面前的激波，立即激荡起海啸一般的震颤，往星系外翻滚而去，随即横扫而回，就像巨大的海浪撞击上G8恒星燃烧的海滩后，奔涌而归。

驱逐者在这一团混乱的线条和图案中间——红线磁场线、黄线电离线、蓝线宇宙射线、荧光线表示看似平静的表面下，撞击的激波前锋——俨然得心应手。德姆·利亚看了一眼外面红巨星波涛起伏的日光层，与明亮G8恒星沸腾的日光层交界面，那颜色鲜亮的风暴让她想象起同样多彩的海洋，闪着磷光撞击同样五光十色、由坚毅的炽热能量构成的大陆。真是严酷的环境。

“咱们回到常规显示吧，”德姆·利亚说，于是立即出现了恒星、森林环、扑扇着翅翼的驱逐者，还有减速的螺旋号——只是后两者完全小得看不清楚。

“西行，”德姆·利亚说，“请邀请其余所有人工智能来此。”

微笑的僧人扬起淡淡的眉毛。“所有人立即来此？”

“对。”

他们很快出现了，但不是一齐，而是一个人的虚拟外表完全呈现一两秒后，下一个才出现。

最先来的是紫式部，她比矮小的德姆·利亚还要娇小，那具有三千年历史的古老和服与外袍看得指挥官屏住了呼吸。这样的美丽在旧地上仅仅是稀松平常，德姆·利亚想。紫式部礼貌地鞠了躬，将小手藏进外袍袖子。她的脸画得几乎纯白，用浓妆勾出唇线和眼线，长长的黑发优雅地盘起，德姆·利亚——她一生中大部分时间都留着短发——无法想象对这么一头长发的别、扣、梳、辫、打理和洗濯将会多么繁琐。

一秒钟后，一休从螺旋号虚拟的那一端自信地走过空旷的空间。这个人工智能选择了这位早已长眠于世的禅宗诗人年长的人格——一休约七十岁光景，比大多数日本人高，头顶很秃，前额因思虑而长出皱纹，而明亮的眼睛周围也因笑容产生了鱼尾纹。飞行开始之前，德姆·利亚曾在飞船的史库中阅读过十五世纪的僧侣、诗人、乐者、书法家的轶事。她依稀记得在历史上，一休活到七十岁时，爱上了比他小四十岁的盲眼歌女，于是让他的爱人一同搬进寺庙居住，这使年轻的僧侣们颇为震惊。德姆·利亚喜欢一休。

接下来出现的是芭蕉。伟大的俳句家选择以身材瘦长的十七世纪日本农民形象出现，戴锥形帽，穿木屐，这是当时农民的行头，指甲里还经常带有泥土。

良宽优雅地走近众人围成的圆圈。他穿着华丽的蓝色长袍，镶有令人惊叹的金边。他的头发很长，梳成辫子。

“我叫你们全体立刻来此，是因为与驱逐者会合所具有的复杂性。”德姆·利亚坚定地说，“从日志中我了解到，你们中有一人反对传送出霍金空间，回应呼救信号。”

“是我。”芭蕉说，他的口音是后圣神现代英语，但嗓音却如沙粒一般嘶哑，像武士一样带着喉音。

“为什么？”德姆·利亚问。

芭蕉瘦长的手打了个手势。“我们公认的程序优先级并不包含此类特定事件。我认为这一决定相对于我们真正的目标，寻找一颗殖民星球而言，潜在的危险太大，而获益几率太小。”

德姆·利亚往朝飞船涌来的驱逐者游群指指。现在他们都只有几千公里远了。一标准日多以来，他们一直在古老的无线电宽频带上播送他们是为和平而来。“你还觉得这太冒险了吗？”她问高大的人工智能。

“对。”芭蕉说。

德姆·利亚点点头，微微皱眉。人工智能在重要问题上持不同意见，这种情况下总是难以决断，这就是为什么伊妮人会在技术内核崩溃后让它们实行自治，也是总会有五个人工智能参与投票的原因。

“显然，你们其他人认为可以冒这个险？”

紫式部以她细弱端庄的声音作出回答，几乎像是自言自语。“我们认为，这是囤积新的食物和水的绝佳机会，而文化方面的问题应是由你们来做出主要考虑，不该由我们决定。当然，在传送出霍金空间之前，我们没有探测到星系内的巨型飞船，这影响了我们的决定。”

“这是人类与驱逐者共建的文化，可以说肯定含有适量人数的圣徒，而他们可能自霸主时代最初就与外在人类宇宙失去联络，如果那样的话，”一休热情地说着，“他们也可能是古时大流亡期，在所有人类中迁徙得最远的文明。这是个绝妙的学习机会。”德姆·利亚不耐烦地点着头。“距会合只剩几小时了。你也听到了他们的无线电联络——说他们打算向我们致意和交流，我们也回之以礼。双方的语言差别不大，完全可以在使用翻译珠的情况下完成面对面交流。可我们如何确认他们的确为和平而来？”

良宽清清嗓子。“应当记住，一千多年以来，与驱逐者之间所谓的战争都是人类挑起的——先是霸主，然后是圣神。驱逐者最初定居的深空都是和平之地，这一偏远的殖民地可能没有经历过此类战争。”

西行盘踞在虚空中轻笑。“也应当记住，在圣神与驱逐者的实际交战中，这些和平的、适应太空的人类为了保卫自己，学会了修造和使用火炬舰船，改进了霍金驱动战舰、等离子武器，有的还缴获了圣神基甸驱动武器。”他光膀一挥，“我们扫描过前来的每一个驱逐者，没人携带武器——就连木矛都没有。”

德姆·利亚点点头：“科姆·罗伊给我看过天文上的相关证据，显示他们系泊的种舰在很早以前被人为从森林环割裂——也许仅仅在他们到达后几年，乃至几个月内。本星系无小行星，欧特云位置分散，且距离极远。可以想见，他们没有金属产业，也没有发展工业的能力。”

“夫人，”芭蕉说道，面容充满了关切，“我们如何得知呢？驱逐者修改了自己的身体，生出足以延伸几百公里的力场翼。他们距飞船够近时，理论上可以使用这些翅翼叠加的等离子效应来突破密蔽场，并攻击飞船。”

“被天使之翼拍死，”德姆·利亚轻声说，“这死法真讽刺。”

人工智能没有答话。

“谁直接参与帕特科·乔治·德姆·米欧的防御策略决定？”寂静中，德姆·利亚问道。

“是我。”良宽回答。

德姆·利亚早已知道答案，但还是不禁想道，幸好不是芭蕉。在人工智能与人类合作的外族接触这块上，帕特科·乔治已经够有妄想狂了。

“几分钟后双方将相遇，帕特科认为最好应采取什么措施？”德姆·利亚平淡地问良宽。

人工智能略微迟疑。他们明白，在自己的专业领域内，必须既有判断力，又忠诚于共事的人类，同时还清楚，要考虑飞船上选举出的指挥官角色所偏好的决策。

“帕特科·乔治打算将二十级外密蔽场扩展一百公里。”良宽轻声说，“所有能量武器置于待命状态，预设目标为飞来的那三十万九千两百零五名驱逐者。”

德姆·利亚微微拱起眉毛。“我们的系统要消灭三十多万目标，得花多长时间？”她轻声问。

“2.6秒。”良宽说。

德姆·利亚摇摇头。“良宽，请告诉帕特科·乔治，你和我讨论后，我要求密蔽场不要扩张到一百公里的距离，能稳定维持在距飞船一公里即足矣。可以继续采用二十级场——驱逐者能看出它的力量就够了。同时，飞船的武器系统暂时不瞄准驱逐者；他们也许能看见我们的定位扫描。良宽，你和帕特科·乔治如果没有安全感，可以随意运行模拟战争，但在我下达命令之前，请勿将任何能量转移到武器上，也不允许目标定位。”

良宽鞠了个躬。芭蕉点点虚拟木屐，不发一言。

紫式部轻摇纸扇半遮面。“你相信他们。”她轻声说。

德姆·利亚没有笑。“不完全是。从没完全相信。良宽，我命令你和帕特科·乔治激活密蔽场系统，这样一来，如果有驱逐者试图用太阳能翼的聚焦等离子突破密蔽场，密蔽场能立即增至紧急等级三十五级，并扩展到五百公里。”

良宽点点头。一休微笑道：“就驱逐者的数量而言，他们的行进速度可真快，夫人。他们个人的能量系统可能不足以在这样的冲击之下激活个人生命支持，不到半个天文单位远处，他们肯定不会开始减速。”

德姆·利亚点点头。“这是他们的问题。我觉得他们不会这么做。多谢大家与我商讨。”

六个虚拟人类形象一闪而逝。

会合未动干戈，也不拖泥带水。

二十小时前，驱逐者通过无线电发向螺旋号的第一个问题是：“你们是否来自圣神？”

一开始，这问题让德姆·利亚及其他人吃了一惊。他们原本猜测，在圣神崛起以前，这些人应该早与人类空域失去了接触。然后黑簇的乔恩·米凯·德姆·阿棱说：“共睹时刻。他们一定经历过共睹时刻。”

听到这话，九人在沉默中面面相觑。每人都知道，伊妮娅被圣神与技术内核共同折磨与谋杀的“共睹时刻”被人类空域中的每一个人共同感知——垂死年轻女子的所思、所忆、所知沿缔结的虚空呈完形共振，沿宇宙的量子网格的经纬传播，与移情共鸣，将所有源自旧地人类基因的人维系在一起。但这里也有吗？好几千光年之外也能感知？

德姆·利亚突然意识到那个想法有多傻。将近五个世纪以前，伊妮娅的共睹时刻一定已沿着缔结的虚空的量子经纬传播到宇宙的四面八方，接触到遥远的外星种族与文化，它们的目的地遥远得连任何人类远航的技术，或者所有的人类交流，加上第一个具有自我意识的人类的声音所参与的一百二十亿年来所有具有感知的生命体间的同感交流，都从未到达。伊妮人曾告诉德姆·利亚，这些种族中的大部分早已灭绝，或是进化得面目全非，但他们的同感记忆依旧在缔结的虚空中震荡。

显然，驱逐者也在五百年前经历过共睹时刻。

“不，我们不是圣神，”螺旋号以无线电回复接近的三十多万驱逐者，“事实上圣神在四百标准年前已被摧毁了。”

“船上是否有伊妮娅的信徒？”下一条驱逐者信息传来。

德姆·利亚他们叹了口气。也许这些驱逐者一直在绝望地等待伊妮人信使，或先知，或是只要能带给他们伊妮娅的DNA这一圣礼，使他们也成为伊妮人。

“没有，”螺旋号无线电回应道，“没有伊妮娅的信徒。”随后，他们开始解释自己是阿莫耶特光谱螺旋，以及伊妮人怎样帮助他们修造并改进这艘飞船，使他们得以踏上漫长的旅途。

一阵沉默之后，驱逐者的无线电传来：“船上是否有人见过伊妮娅，或者她的爱人劳尔·安迪密恩？”

九人再次茫然地面面相觑。一直盘腿坐在距会议桌较远地面上的西行开口了。“船上没人见过伊妮娅。”他轻声说，“劳尔·安迪密恩在维图-格雷-巴里亚那斯B星上生病期间，光谱民族的一家人藏匿并帮助过他，后来，该家庭中的两名配偶在当地与圣神的战争中牺牲——母亲之一德姆·瑞阿和父亲阿棱·米凯·德姆·阿棱。夫妻三人的儿子——名为宾·瑞阿·德姆·洛阿·阿棱——也在圣神炮轰中死去。阿棱·米凯已婚的女儿失踪了，被宣定死亡。夫妻中幸存的女性德姆·洛阿在共睹时刻之后不到几周，接受了圣礼，成为伊妮人。之后她离开了维图-格雷-巴里亚那斯B星，再没回来。”

德姆·利亚和其他人没有接腔，他们知道这位人工智能说话点到即止。

西行点点头。“结果却有了意外的转折，人们本以为他们十几岁的女儿，瑟斯·安珀尔，在圣神基地对光谱螺旋民众进行的大屠杀中丧生了，但事实上她与其他一千名孩子和年轻人被飞船送到外星，在圣神最后的要塞星球圣特雷莎，被作为重生圣神基督徒抚养长大。瑟斯·安珀尔接受了十字形，在一班宗教警卫的监管下生活，直到九年之后，伊妮人解放那颗星球，德姆·洛阿才得知她的女儿还活着。”

“她们团聚没有呢？”漂亮的年轻外交官德恩·索阿问道，眼里噙满了泪水，“瑟斯·安珀尔的十字形有没有取下来呢？”

“她们团聚了，”西行说，“德姆·洛阿刚得知女儿还活着，就马上传送到了她所在的地方。瑟斯·安珀尔让伊妮人为她除下了十字形，但表示不愿从姻母那里接受伊妮娅的DNA圣礼，不愿自己也成为伊妮人。档案显示，她愿意回到维图–格雷–巴里亚那斯B星，看看自己被绑架的地方残存的文化。此后她当了老师，在那里生活和工作将近六十标准年，并接受了以前家庭所属的蓝簇。”

“经历过十字形的苦楚，却决心不当伊妮人。”天文学家科姆·罗伊轻声说着，似乎无法相信。

德姆·利亚说。“她现在就在船上，处于深度睡眠之中。”

“没错。”西行道。

“她上船的时候多大年纪？”帕特科·乔治问。

“九十五标准岁，”人工智能边说边笑，“虽然现在和我们一起，但在出发之前那几年，她接受过伊妮人的药物治疗，因而面容和精神都还和六十岁刚过的女人不相上下。”

德姆·利亚揉揉脸。“西行，请唤醒族民瑟斯·安珀尔。德恩·索阿，请去她的沉眠荚舱，在她醒来时解释清楚情况，让她明白驱逐者即将到来。相比于光谱螺旋，他们似乎对认识伊妮娅丈夫的人更感兴趣。”

"当时还不算是她的丈夫。"黑簇的乔恩·米凯纠正道，他在细节上有些迂，"劳尔·安迪密恩在维图-格雷-巴里亚那斯B星上逗留期间，还没娶伊妮娅呢。"

"能在会见驱逐者之前，与瑟斯·安珀尔在一起，我感到万分荣幸。"德恩·索阿开心地笑着说道。

驱逐者众人与飞船保持着距离——五百公里——三名大使上了船。双方已通过无线电沟通，得知三人在十分之一重力下不会感觉不适，于是指挥甲板后部和上部那些美丽的日光泡罩将密蔽场设定在相应水平，座椅和照明也作了相应调整。螺旋号上的人一致认为，具有上下的空间感时，交谈会容易一些。那里绿意盎然，德恩·索阿和驱逐者都应该会感到舒适。飞船很快在巨大的日光泡罩顶加上一个气闸，在旁恭候的人望着两个身附翅翼的驱逐者缓慢走进，拖着一个较矮小的家伙，他穿着一件透明的太空服。驱逐者在森林环上呼吸的是100%氧气，飞船也为他们在泡罩里提供了这样的待遇。德姆·利亚意识到，当驱逐者客人进来，被带到特制的椅子上时，她有一点过度兴奋的感觉，不知道是因为纯氧还是新环境的缘故。

驱逐者刚坐进椅子，似乎就开始研究那五个光谱螺旋人——德姆·利亚、德恩·索阿、帕特科·乔治、心理学家彼得·德伦·德姆·塔耶、瑟斯·安珀尔，安珀尔极具气质，留着短短的白发，双手交叠在腿上，很优雅。曾担任过教师的她，坚持要穿整条长袍和蓝色斗篷，在一些关键的地方缝上了粘条，以免衣服在低重力情况下随动作到处乱飘。

驱逐者代表团那几人都让人忍不住打量。在左边，在外表最优雅的低重力椅子上，坐着一个完全适应太空的驱逐者。他自我介绍是一个深空旅人，几乎有四米高——让德姆·利亚觉得自己越发的矮了。光谱螺旋人通常矮小结实，不是因为在高重力星球上生活了几个世纪，只是因为他们祖先的基因——而适应太空的驱逐者在其他很多方面看来，也远远不像人类。手臂和腿很长，像蜘蛛脚一样，附在细瘦的躯干上。这人的手指起码有二十厘米长。他身体的每一平方厘米——似乎在紧致的散汗压缩层下，他什么都没穿——都包裹在自我生发的力场内，实际上，所有人的身体都会散发出光影，而这种力场是对光影的增幅，能使他在硬真空中存活。他的肩膀上下有几行突起，这是对基因的修改，可以使他扩张力场翼，捕捉太阳风与磁场。深空旅人的基因已被修改得与人类基因大相径庭，双眼成了两条黑缝，前面挂着两颗球状瞬膜；本是耳朵的地方，成了一片格子，似乎是无线电接收器；嘴也成了一条细缝，没有嘴唇——通过脖子里的无线电传输腺来交流。

光谱螺旋方面的代表早已得知这位驱逐者的基因修改，所以每人都戴上了微型耳塞，除了可接收深空旅人的无线电信号之外，还能在安全密光上与人工智能交流。

第二名驱逐者只有部分适应太空的基因修改，明显更接近人类。他有三米高，身材瘦弱，四肢细长，外质皮肤没有植入永恒力场，双眼和脸部瘦削，骨节突兀，没有头发——说一口非常标准的早期环网英语。他自我介绍为基尔·瑞德特，农场主，同时也是历史学家。一见便知，他应该是代表团的实际领导，或者至少被推选做发言人。

农场主左边坐着的是圣徒——一个年轻女人，没有头发，脸型精致，略带亚洲风格的五官，与所有圣徒一样，长着大大的眼睛——身着传统的棕色长袍和兜帽。她自我介绍为瑞塔·卡斯汀，树的忠诚之音，她的嗓音温柔而意外地悦耳。

螺旋光谱分遣队自我介绍完后，德姆·利亚注意到，两名驱逐者和圣徒都瞪着瑟斯·安珀尔，而后者向他们甜甜地笑着。

“为什么你们要乘坐这样一艘船旅行至此？”农场主基尔·瑞德特问道。

德姆·利亚解释说，他们决定远离伊妮人和人类空域，开辟新的阿莫耶特光谱螺旋殖民地。关于阿莫耶特光谱螺旋文化的起源，对方产生了疑问，德姆·利亚尽量简洁地向他们讲述了一切。

“那么，如果我没理解错的话，”圣徒树的忠诚之音瑞塔·卡斯汀说道，“你们完整的社会结构是基于一出六百多标准年前只演出过一场的戏剧——一种娱乐形式。”

“不是整个社会结构。”德恩·索阿为圣徒作答，“当然，文化随着变化的情况与需求而发展和变化，但它的哲学根基和文化都包含在那位哲学家兼作曲家兼诗人兼整体艺术家，哈尔普尔·阿莫耶特所著的一场戏剧中了。”

“那么这位……诗人……对于围绕他笔下的一出多媒体戏剧而建造起来的社会，怎么看？”农场主问。

这是个微妙的问题，但德姆·利亚只是笑笑，答道：“我们无从知晓。阿莫耶特公民在戏剧演出之后一个月，就死于一场登山事故，直到二十标准年后，才出现第一个光谱螺旋社会。”

“你们崇拜这人吗？”农场主基尔·瑞德特问。

瑟斯·安珀尔回答了这个问题：“不，光谱螺旋族民从未神化过哈尔普尔·阿莫耶特，虽然我们的社会以他的名字而命名。我们确实尊敬他，也遵照我们从他那一场美轮美奂的光谱螺旋戏剧中所获悉的价值观与人类潜能而生活。”

农场主点点头，似乎很满意。

西行温柔的声音在德姆·利亚耳边低语。“他们正在一条私密波段上连续播送视频及音频信号，外边的驱逐者们正接受这些信号，传送到森林环。”

德姆·利亚看看坐在对面的三人，最后将视线定格在深空旅人，那位完全适应太空的驱逐者身上。他的眼睛藏在镜面一般鼓突起的瞬膜后，几乎看不见，造型像极了昆虫。西行追踪着德姆·利亚的视线，声音再次在她耳边响起。“对，就是他在播送。”

德姆·利亚竖起手指敲敲嘴唇，以隐藏低语。“你侵入了他们的密光？”

“对，当然，”西行说，“他们的密光很原始，播送的仅仅是此次会晤的视频与音频，没有子频道，周围的和森林环上的驱逐者也都没有在无线电上回应。”

德姆·利亚微微点头。鉴于螺旋号自身也对本次会晤进行完整的全息记录，此外还有红外线研究、脑波活动磁场共振分析及十几种秘密进行的非常规观察，她也没理由因驱逐者记录这场会晤而发难。突然她的脸红了。红外线研究、密光物理扫描、远程神经元核磁共振成像。显然，完全适应太空的驱逐者直接就能看见这些探针——这个人，如果还可称作人的话，他的生活中能看见太阳风，能感受磁场线，能在硬真空中，凭借单个的离子，乃至无所不在的宇宙射线确定方向。德姆·利亚低声说：“关闭罩泡里的所有传感器，只开全息采像仪。”

西行沉默地执行了命令。

德姆·利亚注意到深空旅人突然眨起眼睛来，似乎是有人刚关掉了耀眼的灯光，让他眼睛闪起金星。然后驱逐者看着德姆·利亚，微微颔首。那条长在嘴巴位置的怪缝，被力场层与透明的外胚层皮肤等离子保护着，与外界隔开，现在正在微微颤动，光谱族女人猜测那可能是微笑。

年轻的圣徒，瑞塔·卡斯汀开口道：“……正如你们所知，我们经历了世界网时代，大约在霸主政权建立期间离开了人类空域。首批大流亡结束后，我们已经离开了半人马星系。我们的种舰会定期进入实际空间——途中神林的圣徒加入了我们——因此，对于星际世界网社会的变化，我们也可以通过超光信息和偶尔的一手资料获知。但我们继续往外探索。”

“为什么到了这么远呢？”帕特科·乔治问。

农场主答道：“很简单，是由于飞船故障。它的程序遗漏了能种植环轨乾坤树的星球，因而让我们冰冻沉眠了几个世纪。最终，飞船意识到了自己的错误——旅途太长，沉眠舱的设计不能担此重荷，致使我们中的一千二百名同胞不幸死去——飞船恐慌起来，于是每遇上一个星系，都离开霍金空间查探，可惜一直遇上的恒星，要么无法供养圣徒种植的树环，要么无法保证驱逐者的生命。我们从飞船的记录得知，它差点让我们降落在一个双星系统，里面有一颗黑洞一直在吞噬邻近的红巨星。”

“那吸积盘看起来一定很漂亮。”德恩·索阿微笑笑意，说道。

农场主薄薄的嘴唇抿出一丝微笑。“对，我们差点就要边观赏那壮丽景象，边等着它在几周或几月之后来抹杀我们了。幸好，飞船动用了最后的一点思维能力，又完成了一次跃迁，最终找到了完美的办法——抵达这个双星系统，我们驱逐者可以在白星的日光层上安居乐业，同时还有业已建成的森林环。”

“那是多久以前的事呢？”德姆·利亚问。

“一千两百三十多标准年前。”深空旅人无线电回应道。

圣徒女人前倾着身子继续讲述这一故事。“我们最先发现的，是这片森林环与神林上的那片基因特征完全两样，没法像以前那样养育出自己美丽的秘密的星树。它的DNA序列和作用都极为陌生，稍微做点改动都可能会危及整个森林环的生命。”

“你们应当在那个外星森林环内外着手种植自己的森林环。”

瑟斯·安珀尔，“或者像其他的驱逐者那样，试着先建造一个星树生长区。”

树的忠诚之音瑞塔·卡斯汀点点头。“我们才刚开始这样打算——将种舰停在外星森林环的枝叶之间，在其几百公里之外开辟出各类优势基因生长中心，突然……”她顿了顿，似乎在寻找合适的词语。

“驱逐舰来了。”深空旅人播送道。

“所谓驱逐舰，就是我们现在看到的接近你们森林环的那艘船吗？”帕特科·乔治问。

“正是同一艘。”深空旅人播送道。这五个字里似乎充满了愤怒。

“就是那个地狱来的恶魔。”农场主补充道。

“它摧毁了你们的种舰。”德姆·利亚说。这就解释了为什么驱逐者住地没有金属反应，外星森林环外也没有圣徒自己培育的森林环。

农场主摇摇头。“它不仅吞没了种舰，还吞下了两万八千多公里长的森林环本身——每一片叶子，每一颗果实，每一只氧荚，每一条水须——甚至我们的优势基因培育中心。”

“那时，完全适应太空的驱逐者人数比现在少得多。”瑞塔·卡斯汀说，“尽管接受基因改造的人们试图拯救同胞，但在驱逐舰……吞噬者……那机器第一次造访时，还是牺牲了数万人。我们对那怪物有很多种称呼。”

“来自地狱的飞船。”农场主说，德姆·利亚意识到他说这话的口气似乎不含有一丝修辞的成分，好比在对这架机器憎恨的基础上，已经发展出了一门宗教。

“它多长时间来一次？”德恩·索阿问。

“每五十七年，”圣徒说，“确切数字。”

“从那红巨星星系来的？”德恩·索阿又问。

“对，”深空旅人回应道，“从那颗地狱之星来的。”

“要是你们知道它的轨道，”德姆·利亚说，“那也该能提前得知它要……毁坏、吞噬的区域吧？为什么不避免开拓那些地方，或者至少在最后关头疏散居民呢？毕竟，树环的大部分区域都不会有人居住……树环表面区域应该比五十多万个旧地或海伯利安还宽阔吧。”

农场主基尔·瑞德特再次露出苍白的微笑。“至于现在——还剩七八标准天——那大块头驱逐舰，不仅将完成减速周期，还将开始复杂的部署，引导自己去森林环某个人口稠密的部分。它总是去人口稠密地区。一百零四年前，它的最后一条轨道抵达氧荚富集区，而那个地方是我们两千多万未完全适应太空的驱逐者的家园，其旅行管道、桥梁、塔楼、巨型平台、人工培植的生命支持荚舱等设施一应俱全，是经过六百多标准年缓慢的建设才最终完成。”

“全都毁灭了，”树的忠诚之音瑞塔·卡斯汀声音里充满了忧伤，“被吞噬了，刈割了。”

“人员伤亡大吗？”德姆·利亚问道，声音很平静。

深空旅人摇摇头播送道：“上百万完全适应太空的驱逐者集结在一起，疏散了需要呼吸氧气的人们。死亡人数不到一百。”

“你们是否曾试过与那……机器交流？”彼得·德伦·德姆·塔耶问。

“几个世纪来，”瑞塔·卡斯汀说道，声音激动得发颤，“我们利用仅存的无线电、密光、脉塞和几架全息传送仪，而深空旅人们则运用他们的翼场——成千上万——将信息以简单的数字代码发送。”

五个阿莫耶特光谱螺旋人都没说话。

“可没用，”农场主平淡地说，“它仍旧来，选择森林环上人口稠密区域，张口吞噬。我们从未得到过一个回复。”

“我们认为，它是完全自动的，而且非常原始。”瑞塔·卡斯汀说，“也许有几百万年之久了，其运行仍然遵照外星森林环刚建立起来时开发的程序，收割大块大块的树环、树干、树枝，还有树环制造出的含有数百万加仑水的载水管……然后回到红巨星星系，过段时间之后，又朝我们驶来。”

“我们曾一度相信，红巨星星系内还幸存有一颗星球，”深空旅人播送道，“一颗将永远掩藏在那凶险太阳彼端的星球，也许早在G2恒星成为巨星之前，它就修造了这个森林环，作为其食物来源，因而，尽管这会给我们带来莫大的不幸，仍旧坚持收割自己的食粮。但我们错了。这样的星球不存在。现在我们相信，驱逐舰是在古老盲目的程序指令下，自动运行着，刈割森林环的任意区域，摧毁我们的居所，这些做法没有任何目的。红巨星星系内的所有人类和生物肯定早已逃跑了。”

德姆·利亚后悔没有让天文学家科姆·罗伊也到场，她正在命令甲板上巡逻。“在接近双星系统时，我们没看见任何行星。”绿簇指挥官说道，“一颗有生命的行星在G2恒星变化为红巨星的途中还能幸存的几率微乎其微。”

“然而，驱逐舰的航线距离那可怕的红巨星很近。”驱逐者农场主说，“也许还存在某种人工环境——太空栖息地之类的——或挖空的小行星，需要这座森林环为居民提供食物的环境，可这也不能作为大屠杀的借口。”

“既然他们有能力修造这架机器，他们就可能在G2恒星形势危急时离开了星系，”帕特科·乔治想道。红簇族民看着深空旅人。

“你们有没有试过去摧毁机器？”

深空旅人那怪异的脸微笑了，外部场下没有嘴唇的口咧开，像一条蜥蜴的嘴。“试过许多次，好几万真正的驱逐者牺牲了。机器有能量防御系统，它的切枪在大约是一万公里之外就可把我们轰成灰。”

“那也可能只是个流星防御系统。”德姆·利亚说。

深空旅人的笑容愈发灿烂，看起来很可怕。“那样的话，它完全无愧于高效杀人机器的称号。我父亲死于上一次进攻行动。”

“有没有尝试过去红巨星星系呢？”彼得·德伦问。

“我们已经没有太空船了。”圣徒回答。

“那试过你们自己的太阳能翼吗？”显然，彼得边问，边在脑子里计算这样的一趟往返将花费多长时间。很多年——如果算上太阳风的速度，可能要花几十年——可相对于驱逐者的寿命来说，这算不得什么。

深空旅人瘦长的手指伸直，横砍了一下。“日光层紊乱太猛烈了。但我们也试了几百次——进行了几十次远征，却只有极少几次有人生还。在你们的六标准年前，我哥哥就在这样的一次行动中牺牲。”

“深空旅人自己也受了重伤。”瑞塔·卡斯汀轻声说，“离开时是六十八个最好的深空探索者——回来时只剩下两个。我们动用了剩下的所有医疗科技来挽救深空旅人的生命，而他自己也在疗养荚舱营养液里待了两年。”

德姆·利亚清清嗓子。“你们需要我们做什么？”

两名驱逐者和圣徒都朝前靠过身来。农场主基尔·瑞德特代表大家发了言：“如果你们和我们同样相信，红巨星星系里已不存在有人居住的星球，那请马上摧毁驱逐舰，消灭那收割机，将我们从这盲目、久远、无穷无尽的灾祸中拯救出来。我们将会非常慷慨地补偿你们——食物、水果、旅途中需要的所有水，先进基因技术，我们对附近的星系了解，什么都成。”

光谱螺旋人面面相觑。最后，德姆·利亚说:“如果你们在这里没有感觉不适，请容许我们四人对此事稍作商量。如果你们愿意，瑟斯·安珀尔将很高兴与你们一起交谈。”

农场主挥挥两条长长的手臂，一双大手打出一个手势。“我们完全适应这里，很高兴能有机会与尊敬的安珀尔女士——曾见过伊妮娅丈夫的女士交谈。”

德姆·利亚注意到，年轻的圣徒瑞塔·卡斯汀，显然对商讨结果有些惴惴不安。

“然后你会告诉我们决定，对吧？”深空旅人播送道，他那闪着蜡泽的身体，巨大的眼帘，以及古怪的面相让德姆·利亚不禁有些不寒而栗。这是一个生物，以光为食，摄入足够的能量，可展开几百公里宽的电磁太阳能翼，回收利用自己呼吸的空气、排泄物、水，生活在酷热酷寒、具有辐射的硬真空环境里。自旧地非洲上的早期原始人以来，人类已经变化了太多。

如果我们拒绝的话，德姆·利亚想道，那大约三十万像他那样适应太空的驱逐者就会愤怒地降落在我们的神行舰，犹如愤怒的夏威夷人为发泄怒火，把詹姆斯·库克船长船上的钉子给拔出来。那位好船长最终不仅死得惨不忍睹，内脏还被掏出来，切成一小块一小块的，有的烧有的煮。德姆·利亚刚这么想，心里突然又放心下来。这些驱逐者不会攻击螺旋号。她全身的直觉都这么告诉她。就算他们这么做，她想，我们的武器在2.6秒内就可以蒸发掉他们中的大多数。想到这里，她心里泛起一阵罪恶感，还微微有些恶心，她向驱逐者作了别，与其他三人一道乘电梯下了指挥甲板。

“你是不是见过，”树的忠诚之音瑞塔·卡斯汀问，她几乎屏住了呼吸，“伊妮娅的丈夫？”

瑟斯·安珀尔微微一笑。“当时我年仅十四标准岁。是很久以前的事了。他正通过远距传输器作星际旅行，途中由于生病——肾结石——在我姻母家里住了几天，然后圣神部队逮捕了他，而后派人来审问。我父母帮助他逃跑了。是很多年前的事了，就在我们那儿待了几天。”她又笑了，“请记住，当时他还不是伊妮娅的丈夫。他还没有接受她的DNA圣礼，甚至还没有意识到她的血肉和教导能对人类各族造成多大的影响。”

“可你见过他。”农场主基尔·瑞德特坚持道。

“对。他大部分时间里精神错乱，痛苦不堪，被圣神士兵铐在我父母的床上。”

瑞塔·卡斯汀靠近了些。“他身上是不是有什么……光环……之类的东西？”

“哦，有的，”瑟斯·安珀尔轻笑道，“直到父母用海绵给他擦过身子。之前他已经艰难跋涉了许多天。”

两名驱逐者和圣徒似乎失望得靠后了些。

瑟斯·安珀尔靠向前，手掌放上圣徒女人的膝盖。“我为刚才的无礼道歉——我也知道，劳尔·安迪密恩在我们所有人的历史上扮演着极为重要的角色——但那已经是很久以前的事了，我也记不太清楚，而且当我住在维图-格雷-巴里亚那斯B星上时，还是个处于叛逆期的年轻人，想离开所在的光谱社区，去附近某座圣神城市接受十字形。”

其他三人明显靠在了椅背上，两张接近人类的脸上挂满了震惊。“你曾希望接受……那个……线虫植入身体？”

作为伊妮娅共睹时刻的一分子，宇宙各处的每一个人都看见——得知——感觉到那“永生的十字形”背后——完整的事实——大量的寄生人工智能结点在现实空间中创造出技术内核，随心所欲地利用每一个寄主体内的神经元和突触，尤其是通过谋害人类寄主，使用互连的神经元网络获得最大的活性——因为人类临死前，神经元活动在快要消亡的那一刻是最具爆发性的。而后，教会将会使用技术内核提供的技术来复苏人类肉体，而内核的十字形寄生虫在一次次的死亡和重生之间，变得越来越强大，连接越来越精密。

瑟斯·安珀尔耸耸肩。“当时它以永生作宣传，而且能给我机会离开那乌烟瘴气的小村庄，加入真正的大世界——圣神。”

三名驱逐者外交官听得目瞪口呆。

瑟斯·安珀尔伸手解开领子，拉到喉咙根部，看得出从那里往下有一道伤疤，是伊妮人取下十字形时留下的。“我被绑架到残余的一颗圣神星球，被十字形寄生了九年。”她的声音如此轻柔，几乎都传不到三名外交官耳朵里去，“而且那种生活开始的时间，就在伊妮娅的共睹时刻后不久——在她完全揭露内核计划用这种卑鄙的东西来奴化我们之后。”

树的忠诚之音瑞塔·卡斯汀握住年长的瑟斯·安珀尔的手。“然而在你从中解放之后，却拒绝成为伊妮人，加入了古老文化的遗族。”

瑟斯·安珀尔笑了。她双眼含泪，看起来突然苍老了许多。“对。我觉得亏欠了同胞们——因为在危急时刻离弃了他们。总得有人把光谱螺旋文化传承下去。在战争中我们已经失去太多族民。当伊妮人向我们敞开大门时，离开的甚至更多，人们很难拒绝成为类似神明的人物。”

深空旅人发出一声咕哝，声音听起来像强静电。“在驱逐舰的威胁之下，这是我们最大的恐惧。森林环上已不再有经历过共睹时刻的人生存，但它的细节——那亲身体验移情与缔结的虚空的结合力使人感到的荣耀，伊妮娅的教导，许多伊妮人得以传送——自由传送——到宇宙的任何一个地方。唔，伊妮教在这里发展壮大，最后，我们中至少有四分之一的人会毫不犹豫地放弃驱逐者或圣徒传统，选择立刻成为伊妮人。”

瑟斯·安珀尔揉揉脸，又笑了。“那么，很显然伊妮人从未拜访过这个星系。得记住，伊妮娅坚持没有‘伊妮教派’一说，不讲究崇拜、授福或个人崇拜。那是共睹时刻所揭露的思想中极为重要的部分。”

“我们知道，”瑞塔·卡斯汀说，“但在缺乏选择与认识的情况下，文化通常被视为宗教。我们之所以以如此大的热情与激动迎接你们伟大飞船的到来，原因之一就是船上可能有伊妮人。”

“伊妮人要来的话，无需搭乘飞船。”瑟斯·安珀尔轻声说。

三人点点头。“如果那一天即将到来，”深空旅人广播道，“决定权就在于每一位驱逐者和圣徒的良知。至于我，会选择继续在太阳风的巨浪中驰骋。”

德姆·利亚与其他三人已经回来了。

“我们决定提供帮助，”她说，“但得赶快。”

德姆·利亚或其他八位人类及五位人工智能中的任何一员，没有任何理由用螺旋号冒险，直接对抗那个叫作驱逐舰，或者收割机，或者驱逐者给它起的别的什么名儿，总之就是那架复仇机器的东西。承载着六十八万四千三百光谱螺旋先锋沉眠的三千个生命支持荚舱被塑造成蛋的形状，并不仅仅是出于工程方面的考虑，也不是偶然。他们的文化已经把所有鸡蛋放进了一个篮子里——字面意义——不可能让那篮鸡蛋参与战斗。芭蕉和其他几位几个人工智能已经开始思索如何对付那迎面而来的收割飞船。在28天文单位那么宽广的距离之外，太空战很容易打起来——而传统的激光，或切枪，或者带电粒子束武器只需差不多一百九十六分钟就可以跨越那样的距离——霸主、圣神、驱逐者船队全都开发出了能随意迁入迁出霍金空间的运动型导弹，在雷达还来不及宣布导弹接近前，飞船可能就已被摧毁。既然这“收割机”绕着它的既定路线以亚光速缓慢爬行，似乎可以推测它不大可能携带超光速武器，但“不大可能”这个词本就是自古以来涣散人心、打击士气的东西。

应在光谱螺旋工程师的要求，伊妮人重建了螺旋号，将其建成了完全模块化的机体。一旦到达具有完美恒星的理想星球，可以分解为众多探针、飞船、登陆舱、潜艇、空间站等。这三千个独立的生命荚舱可以独自登陆，开始殖民，虽然最终计划是会在对新世界的详细研究之后，把着陆点细致安排。等到到螺旋号完成部署，它的所有荚舱、登陆舱、探针、航天飞机、指挥甲板、中央聚变核等全数着陆之后，留在轨道中的就没多少部件了，只剩下巨大的霍金驱动组件，以及维修程序和机器人，用以维护它在几百年甚至几千年内保持完好状态。

“我们将首先使用星系探索用探针，调查这艘驱逐舰。”德姆·利亚说。那是个较小的模块，更适于用在纯真空环境下，进入大气层的适用性倒还次之，仅允许较低程度的摩擦，可是比起螺旋号上大部分的非武器部件来讲，探针已经武装到了牙齿。

“不知我们是否有幸同往？”农场主基尔·瑞德特问，“我们没有一个族民曾活着接近那机器一万公里处。”

“一定，”德姆·利亚说，“探针很大，可以搭载三四十人，而我们这边只去三人。我们会将内部密蔽场保持在十分之一重力，并对座舱进行相应调整。”

探针与古老的战斗火炬舰船极为相似，它在二百五十倍重力下加速朝前进的机器飞去，内部密蔽场设置为无限叠加，而外部场则提高到最大值十二级。德姆·利亚在导航。德恩·索阿一一尝试所有方法，看能否与巨大的飞船交流，在每个波段上发送和平信号，从原始的无线电到调谐的超光速粒子脉冲。没有回答。帕特科·乔治·德姆·米欧接入了座椅上的防御/反击虚拟脐线，其余乘客坐在探针狭小的指挥甲板后部观望。西行最后决定跟来，他巨大的全息图坦胸露乳，盘腿坐在主视窗附近的柜桌上。德姆·利亚保持着轨道不直接对准怪物，怕的是它携带有简单的流星防御系统；如果它们按当前坐标前行，则会在黄道平面上方与飞船擦肩而过，相距上百万公里。

“它的雷达开始追踪我们，”帕特科·乔治说，他们当时相距六十万公里远，减速状态良好。“无源雷达。没有武器。除了简单雷达之外，它似乎没有其他的探测装置，无从得知我们的探针上是否有生命形式。”

德姆·利亚点点头。“西行，”她轻声说，“请到相距二十万公里时播报我方的坐标，准备进入拦截目标的路线。”矮胖的僧人点点头。

晚些时候，探针的推进器和主引擎接受了些许调节，星野旋转起来，巨型机器的影像充斥了主窗。图像放得很大，像是两者之间相距仅五百公里。那怪物难看得无以言表，专为真空设计，前方的金属牙齿和旋转的刃片嵌在下颚一样的外罩上，而其余部分看起来就像是一处古老太空驻地千百年的遗迹，上面长满了疣、编条、球根囊、瘤和细丝。

“距离一万八千三百公里，持续靠近。”帕特科·乔治说。

“瞧它变得多黑呀。”德恩·索阿低声说。

“而且破败不堪。”深空旅人播送道，“我们中还没人从这么近的距离看过它。瞧那一层层的陷穴，沉积了好多重碳。它就像是颗苍老的黑卫星，被小流星冲击了一次又一次。”

“但它修复过。”农场主粗声粗气地评论道，“还能用。”

“距离一百二十万公里，持续靠近。”帕特科·乔治说，“除搜索雷达之外，刚刚还加入了目标指示雷达。”

“防御措施如何？”德姆·利亚问，语调平静。西行回答了她。“十二级场已开启，无限制叠加。带电粒子束激活。运动型反导弹准备就绪。等离子护盾最高能极。反导弹装备正控制。”这就意味着德姆·利亚或帕特科·乔治一下令即可发射——而如若人类乘客死了——命令则由西行下达。

“距离十五万公里，持续靠近。”帕特科·乔治说，“相对Δ速度降至一百米/秒。另加三个目标指示雷达，已自动跟踪。”

“有没有别的信号？”德姆·利亚问，声音有些紧张。

“没有了，”虚拟控制台旁的德恩·索阿回答，“除了原始雷达之外，机器似乎没有别的收发装置，船上绝对没有生命迹象。内部交流显示它存在……智能……但不是真正的人工智能，更像计算机，各种类型的物理计算机。”

“物理计算机！”德姆·利亚说道，甚为震惊，“你是说硅基……芯片……石斧水平的技术？”

“或者略高。”控制台前的德恩·索阿确认道，“现在接收到了磁泡内存的读数，但没有更高级数据了。”

“距离一万公里……”帕特科·乔治开口，但马上打住，“那机器在朝我们开火。”

外层密蔽场闪了不到一秒。

“发射了十几发带电粒子束和两发粗糙的激光切枪，”帕特科·乔治看过虚拟图像后说，“攻击力很弱，一级场都可以轻易对付。”

密蔽场又闪了一次。

“同样的组合，”帕特科报告道，“能量设置稍低。”

又一次闪光。

“设置又降低了。”帕特科说，“我想，它是在尽全力打击我们，因而能量逐渐不足了。几乎可以确定仅是流星防御系统。”

“咱们不要过分自信了。”德姆·利亚说，“还是看看它到底有些什么防御措施。”

德恩·索阿似乎很震惊。“你要攻击它吗？”

“我打算看看能否攻击它。”德姆·利亚说，“帕特科，西行，请将切枪瞄准那个隆块的顶部……”她用激光铁笔指着一处黑黑的、坑坑洼洼的、鱼鳍状的投影，可能是个散热器，两千米高。“……再加上一个运动型导弹……”

“指挥官！”德恩·索阿抗议道。

德姆·利亚看着年轻女子，手指伸到唇边。“加上一个运动型导弹，去掉等离子弹头，对准机器前端下缘，即孔洞的唇缘。”

帕特科·乔治向人工智能重复了命令。具体标靶的坐标被显示并确认。

带电粒子束几乎立即就击中了目标，散热鳍上被汽化出一个直径五十米的洞。

“它启用了0.6级场。”帕特科·乔治报告道，“这似乎是它的防御极限。”

运动型导弹穿透了密蔽场，就像一颗子弹穿过黄油，立即炸开，炸穿了六十米厚黢黑的金属，撕裂了收割机前端的大口。探针里的每一个人望着寂静的爆炸和汽化的金属从弹孔散开，那近乎迷人的姿态，以及从那豁口喷出的残渣碎屑。巨大的机器没有还击。

“要是我们当初没有取下弹头，”德姆·利亚低声道，“并且瞄准船腹，现在那收割机早已爆成分散至直径一千公里的残片了。”

坐在椅子上的农场主基尔·瑞德特身子前倾。在十分之一重力场下，所有的椅子都装上了约束系统，现在他的已经激活了。

“求你们了，”驱逐者说道，他在索具和安全气囊的制约下稍稍有些不适应，“马上摧毁它吧。让它停下吧。”

德姆·利亚转头看着两个驱逐者和圣徒。“等会儿，”她说，“我们必须先回到螺旋号。”

“那样我们会失去更多的宝贵时间。”深空旅人广播道，话里不带任何感情。

“对，”德姆·利亚说，“但在它开始收割之前，我们还有六标准天多的时间。”

探针加速离开了那个表面本已漆黑磨损、刚才又多了几块伤疤的怪物。

“这么说，你们不会摧毁它啰？”探针迅速返回螺旋号的路上，农场主问道。

“暂时不会，”德姆·利亚答道，“建造它的那个民族可能还在使用它。”

年轻的圣徒似乎快要哭出来了。“可你们的仪器——比我们的望远镜精密得多——我跟你们说过，红巨星星系里没有其他星球了。”

德姆·利亚点点头。“然而你自己也提到，还有存在太空栖息地、罐头城市、中空小行星等的可能……而我们的调查既不详细，也不完整。我们的飞船之所以进入你们星系，只是因为这个地方十分安全，而不是要对这个红巨星星系展开详细调查。”

“就为了这么一个细微的可能性，”驱逐者农场主说道，语调呆板而生硬，“你要让我们这么多人为之冒险？”

西行的声音低低地在德姆·利亚的次声回路中响起。“人工智能一直在分析，倘若那几百万驱逐者使用太阳能翼集中攻击螺旋号，会产生怎样的情况。”德姆·利亚没有答话，依然看着农场主。

“飞船可以击败他们，”人工智能作出总结，“同时也确实存在受损的可能性。”

德姆·利亚于是对农场主道：“我们要把螺旋号开往红巨星星系，欢迎你们三人同行。”

“全程需要多长时间？”深空旅人问。

德姆·利亚看着西行。“如果在聚变推进的最大动力下，会花九天时间。”人工智能说，“那段时间仅够近日点动力部署，不足以在星系中逗留，搜索每一颗小行星或残骸是否存在生命形式。”

两名驱逐者摇着头。瑞塔·卡斯汀拉低兜帽，盖住眼睛。

“还有另一种可能。”德姆·利亚说。然后她把螺旋号指给西行看，现在它已填满了主视窗。探针减速，轻盈地穿过飞船密蔽场，旋转好方位准备停靠，几千名身披能量翼的驱逐者为之让路。

他们又在日光泡罩中碰头，商量对策。所有的十名人类——德恩·索阿的妻子和丈夫也被邀请来参与投票，但决定待在下方，全族总部内——所有的五个人工智能，以及森林环民族派来的三位代表。深空旅人的密光继续将这里的视频和音频传送到附近的三十万驱逐者，以及他们身后树环上等待的几十亿驱逐者所在的地方。

“情况是这样，”德姆·利亚说，日光泡罩中，是一片凝重的沉默，“你们知道，我方的飞船螺旋号，装载着经伊妮人改进的霍金驱动。我们以超光速前进时，会对缔结的虚空的结构造成伤害，但比起原先的霸主或者圣神飞船，还不到它们的万分之一。伊妮人允许我们开展这样的旅途。”头巾上绕了绿带的矮小女人停下话头，看了眼驱逐者和圣徒女人，接着继续道，“我们到达红巨星星系时，应该是在……”

“还需四个小时旋转到相对论速度，然后跃迁，”蕾斯·珊德勒接口道，“约需六个小时减速进入红巨星星系。花两天调查生命迹象。同样，回程时间也需十小时。”

“就算在途中可能有耽搁，螺旋号回来后，也至少会再过两天，驱逐舰才会开始收割。如果红巨星星系中没有生命，我们就立即用探针摧毁自动收割机。”

“可是……”农场主基尔·瑞德特开口道，脸上挂着一副与人类别无二致的讽刺微笑。先前他的面色还很凝重。

“可是，在如此拥挤的双星系统里启用霍金驱动，太危险了，”德姆·利亚说道，声音平静，“这种短程跃迁无论如何都非常危险，而且红巨星还在喷发出气体和残骸……”

“你说得对。这么做很愚蠢。”深空旅人在他的无线电波段播送道，“我的宗族将这种工程代代相传，而驱逐者种舰的所有指挥官中，没有一人能完成双星系统内部的跃迁。”

树的忠诚之音瑞塔·卡斯汀的目光扫过光谱螺旋人。“可你们有这么多强力聚变引擎……”

德姆·利亚点点头。“芭蕉，使用我们聚变引擎的最大推动力，调查红巨星系统需要多长时间？”

“三天半时间传送到另一个星系，”面容空洞的人工智能说道，“两天时间调查。再花三天半时间回来。”

“没有办法缩短时间吗？”奥姆·莱伊问，她是黄簇族民，“削减安全措施？增大聚变引擎马力？”

西行开口回答：“往返九天的计算就是在忽略所有安全措施，聚变引擎开足百分之一百二十马力的基础上得出的。”他悲伤地摇摇光头，“不，那不可能实现。”

“但霍金驱动……”德姆·利亚说着，房间里的每一个人似乎都停止了呼吸，除了深空旅人之外，依照传统意义来讲，他一直都没有呼吸。光谱螺旋推选出的总指挥转向人工智能：“如果我们这么做了，可能带来什么样的灾难？”

紫式部前跨一步。“这两种传送——不管是进入还是离开霍金空间——都会太靠近双星系统的洛希瓣。据我们推测，螺旋号有2%的可能全毁，有8%的可能部分受损，而荚舱生命支持网受损的可能有6%。”

德姆·利亚看看驱逐者和圣徒。“我们会有6%的几率失去上百——上千——沉睡的亲属与朋友。我们曾宣誓保护他们，直到抵达目的地。那么做的话，我们整个文化消亡的几率也有2%。”

深空旅人悲哀地点点头。“我不知道你们的伊妮人朋友为你们的设备增添了怎样的奇迹。”他广播道，“但在我看来，你们低估了这些风险。这个双星系统内无法进行霍金驱动跃迁。”

沉默延伸开去。最终德姆·利亚说：“我们的选择，是要在不清楚红巨星星系中是否有生命——或许还存在完整的物种群——依赖于它的情况下，摧毁收割机。不管存在生命的可能性多么微小，我们都不能那么做。这违背我们的道德准则。”

瑞塔·卡斯汀小声说道：“我们理解。”

德姆·利亚继续道：“我们还可以传统方式行进，调查本星系。但这就意味着你们将会遭受驱逐舰的最后一次洗劫，如果红巨星星系中不存在生命，我们会立即启动聚变驱动返回，摧毁机器。”

“驱逐舰最后一次到访会摧毁上万乃至上百万驱逐者的家园，这对他们可算不上多大安慰。”农场主基尔·瑞德特道。

“完全算不上安慰。”德姆·利亚表示同意。

深空旅人站直身子，足有四米高，在十分之一重力下略微有些飘浮。“这不是你们的问题。”他广播道，“没理由让你们以同胞的生命冒险。我们感谢你们考虑到……”

德姆·利亚举起一只手，阻止他的无线电信号。“我们现在就投票，决定是否通过霍金驱动跃迁至红巨星星系，然后赶在驱逐舰损害你们之前回来。如果那里有外星种族，那么我们在系统内还有两天时间，也许可以和他们对话，兴许他们可以为机器重新设定程序。我们都一致认可，它在你们着陆之后，第一次到来就偶然‘吃掉’你们的种舰，那几率是无穷小的。实际上，它在你们殖民的土地上不间断地收割——也就是那一个树环，表面区域等同于五十万个海伯利安——这表明它这么做是出于程序设定，似乎是要消灭某种异态的杂草或者害虫。”

三名外交官点点头。

“我们的投票规则是，”德姆·利亚说，“只有全体一致同意的情况下才能做出决定，有一张否决票都意味着我们将不会使用霍金驱动。”

西行之前一直盘腿坐在桌子上，现在他移到了其他四个站着的人工智能旁边。“仅作记录，”胖胖的小僧人说道，“我们人工智能投票反对启用霍金驱动，五比零。”

德姆·利亚点点头。“知道了。”她说，“仅作记录，因为这种决定，人工智能的投票不算数，只有阿莫伊特光谱螺旋人或其代表，可以决定自己的命运。”她转回头看着另外九个人类，“使用霍金驱动，赞成还是反对？我们十人的决定，将关系到成千上万的族民。瑟斯·安珀尔？”

“赞成。”身穿蓝袍的女人眼眸清澈和温柔得令人惊诧，一如她的表情。“乔恩·米凯·德姆·阿棱呢？”

“赞成。”黑簇生命支持专家声音沙哑，“赞成。”

“奥姆·莱伊？”

黄簇女人踌躇了一下。船上，没有第二个人比她更清楚这么做对飞船系统带来的风险。2%几率遭到毁灭的风险对她而言，必定是一个可怕的赌注。她用手指摸了摸嘴唇。“我们的决定涉及两个文明。”她说着，显然是在自言自语，“兴许是三个。”

“奥姆·莱伊？”得姆·利亚又问了一遍。

“赞成。”奥姆·莱伊说。

“科姆·罗伊？”德姆·利亚向天文学家征询道。

“赞成。”年轻女子的声音微微有些颤抖。

“帕特克·乔治·德姆·米欧呢？”

红簇安全专家粲然一笑。“赞成。就像古话说得好，舍不得孩子套不着狼嘛。”

德姆·利亚有些恼怒。“你是在代表六十八万四千两百八十八名沉睡中的同胞说话，不该这么没心没肺。”

帕特科·乔治的笑容凝固了。“我投赞成票。”

“塞缪尔·利亚·科姆·阿里医生？”

医生苦恼的程度，就跟帕特科刚才的厚脸皮差不多。“我得说……还有这么多未知……”她四处看了看，“赞成吧。”她说，“那得靠我们自己去弄清楚。”

“彼得·德伦·德姆·塔耶呢？”德姆·利亚向蓝簇心理学家发问道。

这位年纪稍大的人一直在咬笔头。现在他看看它，笑了笑，把它放回桌子上。“赞成。”

“蕾斯·珊德勒呢？”

瞬间，另外那个绿簇女人的眼里似乎显示出了蔑视的意味，几近愤怒。德姆·利亚做好了将得到否决票，并听一通长篇大论的准备。

“赞成。”蕾丝·珊德勒说，“我相信，从道义上讲，这也是需要的。”

最后一个是这个团体中最年轻的。

“德恩·索阿呢？”德姆·利亚问道。

年轻女子说话之前，清了清喉咙。“赞成。咱们去看看吧。”

所有眼睛都转向公选的指挥官。

“我也投赞成票。”德姆·利亚说，“西行，准备最大加速，朝霍金驱动传送点进发。科姆·罗伊，你和蕾斯·珊德勒、奥姆·莱伊去寻找一个最佳入站传送点，方便在全星系范围寻找生命。农场主、深空旅人、树的忠诚之音卡斯汀，如果你们要留下来等，我们现在就准备气闸，如果要跟我们一起走，那就得立即动身了。”

农场主没有和别人商量，就回答了：“我们希望同行，德姆·利亚公民。”

她点点头。“深空旅人，请叫你的同胞清理出开阔的航道。我们将以黄道平面斜上的角度向外驶离，但聚变尾迹会像龙息一样猛烈。”

完全适应太空的驱逐者播送道：“已经完成了。许多人都希望能一览胜景。”

德姆·利亚轻声自言自语。“但愿我们的胜景不要出乎意料。”她说。

螺旋号安全完成了跃迁，次系统只受到了一些轻微干扰。他们在距红巨星表面三天文单位的距离，调查了星系。本来以为调查要花两天，但实际在不到二十四小时内就完成了。

没有隐藏的行星，没有小行星，没有中空小行星带，没有经改造的彗星，没有人工的太空栖息地——怎么也看不到生命迹象。至少三百万年前，当G2恒星完成向红巨星演变的最后一步时，它的氦核开始以聚变反应第二阶段的高温，把自己烧成灰，而在远离核心的外层，最初的氢聚变还在继续，整个过程又释放出碳和氧原子，二者加入反应，于是……很快……恒星重生为红巨星。很显然，在那新生红巨星太阳的势力范围之外，没有带外行星，没有气态巨星，也没有岩石星球。任何带内行星都被恒星的扩张整个儿吞噬掉了。尘埃放射出气态物质，加上重度辐射，几乎清理掉了这个太阳系内所有比镍铁陨星更大的东西。

“那么，”帕特科·乔治说，“就这样。”

“我能否授权人工智能开始朝回程传送点全加速？”蕾斯·珊德勒问。

驱逐者外交官们已经带着各自的专用椅，走向了指挥甲板。舰桥处只有十分之一重力，但是没人感觉不适，因为阿莫伊特光谱的每一个专家——除了瑟斯·安珀尔——都坐在控制椅里，与飞船有着不同程度的联系。搜索过程的大部分时间里，驱逐者外交官都沉默着，现在也没有人来打破这一沉默，但他们都转头看着中央控制台前的德姆·利亚。

公选出的指挥官用指节敲了敲下唇。“暂时不要。”他们为了搜索，已经绕了红巨星一周，现在距离它酷热的表面还不到一个天文单位。“西行，你有没有检查过恒星内部？”

“才刚完成对它的采样。”人工智能和蔼的声音传来，“是本阶段红巨星的典型情况。太阳亮度大约是其G8伴星的两千倍。我们对核心进行了采样——没有异常情况。显然那里的氦核非常活跃，尽管存在电子互推斥。”

“它的表面温度多少？”德姆·利亚问。

“大约三千开氏度。”西行的声音传来，“大约是它G2恒星时期表面温度的一半。”

“哦，天啊。”白簇科姆·罗伊坐在天文站连接的控制躺椅上低声说道，“你该不会是在想……”

“请对恒星进行深层雷达扫描。”德姆·利亚说。

恒星旋转着，他们绕它飞行，不到二十分钟后，全息图就出现了。西行说道：“只有一颗岩石星球。仍然在轨道中。大约五分之四旧地大小。雷达显示有海底和河床的痕迹。”

塞缪尔医生道：“在太阳不断扩张，蒸干它的海洋和空气之前，它可能跟地球差不多。不管是什么人或者东西住在那里，都曾受到上帝的恩惠。”

“太阳的对流层多厚？”德姆·利亚问。

“不到十五万公里。”西行说。

德姆·利亚点点头。“启动最大密蔽场。”她轻声说，“咱们去会会它们。”

他们接近岩石星球，那景象就像是在一片红色大海里游泳，德姆·利亚这么想着。头顶，恒星的外层大气打着旋，盘旋而上，飓风从磁场深处生出，消散。密蔽场已经发热了，尽管他们身后拖了三十条六万公里长的微单纤线缆，用以散热。

一个小时里，螺旋号和那个曾经是旧地或海伯利安的星球残骸之间的距离，就减少至不到两万公里。各种各样的传感器都显示，在旋转的红色黑暗中存在一个岩石星球。

“一团煤渣。”乔恩·米凯·德姆·阿棱说。

“一团充满了生命的煤渣。”主要传感节点处的科姆·罗伊说道。她调出深层雷达全息图，“绝对是蜂窝结构。内部有海洋，有水。至少有三十亿具知觉的实体。我不知道他们是不是人类，但他们有机器，运输机械，还有类似于城市的蜂窝。甚至还可以看到他们每七十五年收割一次回来时，收割机的泊港。”

“但是仍然没有可懂的联络吗？”德姆·利亚问。螺旋号一直在每一个波段和光谱播送基本数学信号，用上了飞船的所有通信技术——从无线电脉塞到调谐超光速粒子。也收到了各种各样的无线电反馈。

“调谐重力波。”一休解释道，“对于我们的数学或几何信息，没有回应。他们能接收我们的电磁信号，但不懂，而我们对于他们的引力子脉冲，也无法破译。”

“如果要得出这种电波的语法模式，需要研究多长时间？”德姆·利亚问。

一休布满皱纹的脸看起来似乎很痛苦。“几周吧，至少。兴许上月。说不定几年。”人工智能以同样失望的表情瞪着人类、驱逐者和圣徒。“对不起。”他说着，摊开手，“此前，人类只接触过两个具知觉的外星种族，而且都是他们找到了与我们交流的方式。他们……生物……是真正的外星人。语言里的共通词汇都不多。”

“我们不能再待在这里了。”机械操纵节点旁的蕾斯·珊德勒说道，“核心处正在生成强力磁风暴。而我们无法以足够快的速度散热。我们得走了。”

突然，瑟斯·安珀尔站了起来，她虽然一直坐在椅子里，但没有接入节点，迄今也没有需要她操心的工作，她在十分之一重力下，飘在甲板上方一米处，呻吟着，突然昏死过去，缓缓地往甲板坠去。

萨姆医生、德姆·利亚和德恩·索阿一起伸出手去，但还是医生截住了她。“其他所有人原地待命。”德姆·利亚道。

瑟斯·安珀尔睁开她那极蓝极蓝的眼睛。“他们是如此不同。完全不是人……虽然呼吸氧气，但不像瑟尼斯箭移情体……模件一样的……多重大脑……纤维超多……”

德姆·利亚抱住年长的女子。“你能与他们交流？”她急切地说，“向他们发送影像？”

瑟斯·安珀尔无力地点点头。

“把他们的收割机和驱逐者的影像一起发过去。”德姆·利亚厉声说道，“让他们看看，他们的机器给驱逐者城市星丛造成了怎样的破坏。让他们看到，驱逐者是……人类……有感知。虽然擅自占用了森林环，但没有损坏它。”

瑟斯·安珀尔又点点头，闭上双眼。过了一会儿，她开始哭泣。“他们……都……感到很……伤心。”她低声说着，“机器带回的没有……照片……只有食物、空气和水。它设有程序……就跟你推测的一样，德姆·利亚……害虫要全部消灭。他们……对夺去了驱逐者的生命感到非常……非常……难过。他们提出……种族集体自杀……如果那样能够补偿造成的破坏。”

“不，不，不。”德姆·利亚说着，捏了捏正在哭泣的女人的手，“告诉他们，不需要这样。”她托住年长女人的双肩，把她抱起来，“这可能会让你难受，瑟斯·安珀尔，但你得问问他们，能否给收割机重新编程。告诉它不去进犯驱逐者定居地。”

瑟斯·安珀尔闭上双眼，好几分钟没有睁开。过了一阵，她似乎都停止呼吸了。然后那双美丽的眼睛又睁大了。“可以。他们正在发送重新编程的数据。”

“我们正在接收调谐引力子脉冲。”西行说，“还是无法破译。”

“我们不需要破译了。”德姆·利亚说着，深吸了一口气。她抱起瑟斯·安珀尔，扶她回到椅子上。“我们只需要把它记下来，等到回去的时候，原样反馈给驱逐舰就行了。”她又捏了捏瑟斯·

安珀尔的手，“能不能传达一下我们的感谢并道别？”

女人笑了。“我已经完成了。尽我最大的努力。”

“西行，”德姆·利亚道，“咱们离开这鬼地方，加至最大速度，到传送点去。”

螺旋号成功从霍金空间跃迁回G8星系，没有受损。驱逐舰已经修正了轨道，不再朝向森林环的人口密集区，德恩·索阿在减速时用无线电传输了记录下的调谐引力子波，巨大的收割机用它自己那难以破译的引力子雷鸣回应了什么，然后就听话地调转航向，朝森林环一个偏僻无人的区域驶去。深空旅人用它的密光装置向他们展示了在森林环的城市、平台、荚舱、树枝和塔楼上，人们欢呼雀跃的情景，然后关闭了无线电设备。

他们又聚集在日光泡罩里。人工智能没有一个在场，也没有偷听，人类、驱逐者、圣徒围成了一个圈。所有眼睛都望着瑟斯·安珀尔。那女人的双眼紧闭着。

德恩·索阿很小声地说道：“那颗星球上的……那些生物……到了恒星扩张的前夕，不得不修造树环，建造收割航天器。他们为什么不……离开呢？”

“这颗星球是……是……家园啊，”瑟斯·安珀尔低声说着，双眼依旧紧闭，“就像小孩子……不想离开家……因为外面太黑了。很黑……很空寂。他们热爱……家园。”年长的女人睁开双眼，苍白地笑了笑。

“你为什么之前不告诉我们，你是伊妮人？”德姆·利亚轻声地问。

瑟斯·安珀尔逐渐恢复，下巴和上了。“我不是伊妮人。我母亲，德姆·罗阿，在把我从圣特雷莎的地狱解救出来后，给了我伊妮娅的圣血——当然，是妈妈的。但我决定不使用伊妮人的能力。

我决定不跟随他人，而是继续待在阿莫伊特人中间。”

“但你可以和他们以心灵感应交流……”帕特科·乔治开口道。

瑟斯·安珀尔摇摇头，急切地打断了他的话。“这不是心灵感应。这是……连接上……缔结的虚空。这是通过纯粹的移情，超越时空，聆听亡者与生者语言。记忆不是一个人的私有财产。”这个九十五岁高龄的女人，看起来仍旧只是中年模样，她把手放到眉毛上，“也会带来一半的麻烦。多年来，我都努力不去注意那些声音……不想加入记忆。所以冰冻沉眠是如此的……宁静。”

“伊妮人的其他能力呢？”德姆·利亚问道，声音仍旧很柔和，“自由传输过吗？”

瑟斯·安珀尔摇摇头，一只手依然捂着双眼。“我不想学习伊妮人的秘密。”她说，声音听起来很疲惫。

“但是只要你想，你就可以做到的。”德恩·索阿说道，声音里充满了敬畏，“你只要走出一步——自由传送——一秒钟后，你就可以回到维图斯-巴连努斯B，或者海伯利安，或者鲸逖中心，或者旧地，不是吗？”

瑟斯·安珀尔放下手，看着年轻女子，目光灼热。“可我不愿。”

“在我们到达目的地，到达最终的光谱螺旋殖民地之前，”另外那个绿簇族民蕾斯·珊德勒问道，“你都打算继续和大伙儿一起，在深度睡眠中度过吗？”

“对。”瑟斯·安珀尔说。这唯一的一个字，是个宣言，也是挑战。

“那我们怎么对其他族民讲呢？”乔恩·米凯·德姆·阿棱问道，“殖民地里，有一个伊妮人……具有伊妮人能力的人……这会改变……一切。”

德姆·利亚站起身来。“在我身任各位一致选出的指挥官的最后时刻，我可以下达这一命令，公民们。但是，我要求投票。我觉得瑟斯·安珀尔，而且只有瑟斯·安珀尔有权决定，是否将她的……能力告知我们光谱螺旋家族的同胞。在我们到达目的地之后的任何时刻，”她直视着瑟斯·安珀尔，“或者是永远保密，这由你自己定夺。”

德姆·利亚转头把其余八人一一看了个遍。“我们永远不会泄露这一秘密。只有瑟斯·安珀尔有权告诉别人。如果赞成，请说同意。”

全票赞成。

德姆·利亚转向站着的驱逐者和圣徒。“西行已向我确认，这一过程没有被你通过密光播送出去。”

深空旅人点点头。

“那么，你关于瑟斯·安珀尔通过缔结的虚空与外星人接触的记录呢？”

“已销毁。”四米高的驱逐者播送道。

瑟斯·安珀尔踏前一步，离驱逐者近了些。“但你们还是想要一点我的血……一点伊妮娅的DNA圣物。你们还是想要这个选择。”

农场主基尔·瑞德特长长的双手在颤抖。“是否泄露这个秘密，以及是否赐予我们圣礼，都不应由我们来决定……需要七大理事会召开秘密会议……以及向伊妮娅教会征求同意……或者……”显然，这名驱逐者想到他的几百万乃至几十亿驱逐者同胞将会永远离开森林环，自由传送到人类–伊妮人空域或者其他地方，心里一阵痛楚。他们的宇宙将会永远得到改变。“但我们不能代表所有人拒绝。”

“而且我们不太好意思开口……”树的忠诚之音瑞塔·卡斯汀

说道。

瑟斯·安珀尔摇摇头，走到萨缪尔医生身旁。医生递给圣徒一个防震小瓶，里面装的是血。“刚抽的。”医生说。

“你们必须作出决定。”瑟斯·安珀尔说，“那条路总会伴随着诅咒。”

农场主基尔·瑞德特凝视着小瓶，过了很久，才颤抖着双手接过来，小心翼翼地放到驱逐者力场装甲的安全口袋里。“看看它会带来什么，也很有趣。”驱逐者说。

德姆·利亚笑了。“知道吗，旧地有一句古老的骂人话。中文。‘宁为太平狗，不做乱世人’。”

西行调出了气闸，驱逐者外交官们走了，带着另外上亿个光之生灵，驾驭着太阳风，跟随着磁力线，犹如在急流运送下的光之船，乘风破浪回到森林环。

“如果你们大家不介意，”瑟斯·安珀尔微笑着说道，“我要回到沉眠舱休息了。过了漫长的多少天啊。”

最初苏醒的九人等到螺旋号成功传送入霍金空间后，才回到深度睡眠。当他们还在G8星系内，加速朝上，远离黄道面时，美丽的森林环遮挡了小小的白色太阳，奥姆·莱伊指向船尾的窗户道，“快看那里。”

驱逐者正在向他们道别。几十亿双纯能翼闪耀着阳光。

终于进入了霍金空间，只需要向人工智能确认一番，就足以让飞船稳定在完美的形式，让它的旋臂和沉眠荚舱正常运行，他们回到了正路上，一切正常。他们一一回到沉眠匣里——先是德恩·索阿及其配偶，然后其他人也回去了。最后只有德姆·利亚仍没睡，在沉眠匣盖上前的几秒钟，她还在里面坐直了身子。

“西行。”她说道，声音很明显是在召唤。

矮胖的佛教僧人出现了。

"你先前知道瑟斯·安珀尔是伊妮人吗，西行？"

"不知道，德姆·利亚。"

"你怎么会不知道呢？飞船有我们所有人完整的基因和医疗资料。你肯定知道。"

"不，德姆·利亚，我向你保证，瑟斯·安珀尔公民的医疗资料没有超过光谱螺旋正常值的界限。没有伊妮人DNA存在的迹象。精神资料中也没有反映。"

德姆·利亚对着那全息图像皱了会儿眉，然后道："那就是伪造了生物记录？可能是瑟斯·安珀尔，或者她妈妈动了手脚。"

"对，德姆·利亚。"

德姆·利亚单臂撑着头说道："据你所知——据任何人工智能所知——螺旋号上还有没有别的伊妮人，西行？"

"据我们所知，没有。"胖胖的僧人说着，满脸真挚。

德姆·利亚笑了。"伊妮娅常讲，进化有方向和目标。"她轻声说，不像是说给人工智能听的，更像是在自言自语，"她说过，有一天，宇宙会绿意盎然，生机勃勃。她教授道，多样性是进化的最佳策略之一。"

西行点点头，不置可否。

德姆·利亚躺下，头枕在枕头上。"我们觉得伊妮人在帮助我们保存自己的文化——这艘飞船——遥远的殖民地方面，真的非常慷慨。我打赌，伊妮人已经帮助了一千个小型文化传送出人类空间，到未知领域。他们想要多样性——驱逐者、其他人。他们希望我们中的大多数人把神性的礼物传递出去。"

她看着人工智能，但佛僧脸上只带着他通常浅浅的微笑。"晚安，西行。在我们睡眠的时候，请照顾好飞船。"她拉过盖子关上，于是系统开始运转，让她进入冰冻沉眠。

“是，德姆·利亚。”僧人对沉睡中的女人说道。

螺旋号继续在霍金空间穿行，划出巨大的弧。旋臂和生命荚舱编织出复杂的双螺旋，抵御从先前恒星的位置出现的假彩色和四维震动的洪流。

在飞船内部，人工智能已关闭了密蔽场重力、大气及灯光。飞船在黑暗中继续前进。

然后，一天，离开双星星系后约三个月，通风口嗡嗡响起来，灯亮了，密蔽场重力激活。所有的六十八万四千三百殖民者继续沉睡着。

突然，三个人影出现在位于指挥中心舰桥和首轮生命荚舱旋臂之间的主走廊中央。中间的人影有三米多高，身上是尖刺和硬甲，四条手臂，身上到处缠着铬刺线。它那千面的眼睛闪着红光，仍停留在突然出现的那个地方，一动不动。

左边的人影是个刚进入中年的男子，卷发已泛白，有着深色双眼和俊俏面容。他皮肤很黑，身穿柔软的蓝棉布衫、绿短裤和拖鞋。他朝着女人点点头，开始朝指挥中心走去。

女人年纪要大些，非常显老，尽管有伊妮人医疗技术的帮助，她身穿一件毫无瑕疵的朴素蓝袍。她走向通道口，乘电梯直上第三条旋臂，沿走廊走下去，进入一倍重力环境的生命荚舱。她在一个沉眠匣旁停下，从以脐线连接监控的匣盖面板上，拂开冰和凝水。

“瑟斯·安珀尔，”德姆·洛阿低声说着，手指抚在冰冷的塑料上，几厘米以下，就是她姻女皱纹满布的脸。“睡好，亲爱的。睡好。”

指挥甲板上，高个男子正和几个虚拟人工智能站在一起。

“欢迎您，皮泰，伊妮娅和安迪密恩的公子。”西行说着，微微躬身。

“多谢，西行。你们怎样？”

它们以超越语言和数学的方式，告诉了他一切。皮泰点点头，微微皱眉，摸了摸芭蕉的肩膀。“你内心有太多斗争吗，芭蕉？你希望能和解？”

头戴斗笠、脚踩泥泞木屐的高个男子说道：“是的，求求你，皮泰。”

那人友好地拥抱了人工智能，捏捏他的肩膀。两人闭了一会儿眼睛。

皮泰放开他后，忧郁的芭蕉咧嘴大笑。

“多谢，皮泰。”

那人坐在桌缘上，说道：“咱们看看现在是要去哪里。”

一个边长四米的全息立方体出现在他们面前。那些星星都很眼熟。螺旋号从人类-伊妮人空域出发的漫长旅途，用红色标出了踪迹。投射出的轨迹仍旧在以蓝色粗线前行——朝银河系中心延伸的蓝线。

皮泰站在原地，手伸进全息立方体，碰碰螺旋号投影路径右方的一颗小星。那个部分立即放大了。

“去检查检查这个星系，可能挺有趣的。”男子说道，带着舒心的微笑，“不错的G2恒星。第四颗行星大约是旧索美尺度的7.6。可能还会高一些，但已经进化出了一些非常危险的病毒和凶猛的动物。非常凶猛。”

“六百八十五光年。”西行补充道，“加上四十三光年航向修正。很快。”

皮泰点点头。

紫式部把扇子从脂粉厚重的面庞移开。她的微笑有些挑逗。

“等我们到了那里，皮泰先生，那讨厌的病毒会不会自行消失？”

高个男子耸耸肩。“基本上吧，女士。大部分。”他粲然一笑，“但凶猛的动物将依然还在。”然后他与每一个人工智能握手，“保证安全，我的朋友。保护我们的朋友安全。”

皮泰疾走回主走道里那铬与刀刃组成的噩梦身边，德姆·洛阿走过铺就地毯的甲板，来到他旁边，柔软的长袍在地上拖出窸窣的声响。

“好了吗？”皮泰问。

德姆·洛阿点点头。

伊妮娅和劳尔·安迪密恩之子把手搭到站在他们中间的怪物身上，手掌平放在一块十五厘米长的弯曲荆棘附近。三人消失了，无声无息。

螺旋号关闭密蔽场重力，存储起空气，关掉内部的灯，在寂静中继续前进，尽量避免航向修正。